MISTBORN
HISTÓRIA SECRETA

Esta novela contém grandes spoilers sobre *Mistborn: A Trilogia Original* e pequenos spoilers sobre *Os Braceletes da Perdição*

BRANDON SANDERSON

MISTBORN
HISTÓRIA SECRETA

Tradução
Pedro Ribeiro

TRAMA

Título original: *Mistborn: Secret History*

Editora Nova Fronteira Participações S.A.
Av. Rio Branco, 115 — Salas 1201 a 1205 — Centro — 20040-004
Rio de Janeiro — RJ — Brasil
Tel.: (21) 3882-8200

Arte da capa
Copyright © 2016 by Miranda Meeks

Design de capa, símbolos e direção de arte
Isaac Stewart

Dados Internacionais de Catalogação na Publicação (CIP)

S216m Sanderson, Brandon
Mistborn: História secreta/ Brandon Sanderson; traduzido por Pedro Ribeiro. — Rio de Janeiro: Trama, 2025.
184 p.; 15,5 x 23 cm

Título original: *Mistborn: Secret History*

ISBN: 978-65-81339-09-8

1. Literatura americana. I. Ribeiro, Pedro II. Título.
CDD: 810
CDU: 821.111(73)

André Felipe de Moraes Queiroz – Bibliotecário – CRB-4/2242

Visite nossa loja virtual em:

www.editoratrama.com.br
/ editoratrama

PARA NATHAN HATFIELD,

que ajudou *Mistborn* a nascer.

SUMÁRIO

PREFÁCIO

Esta história contém grandes spoilers para os três primeiros livros de *Mistborn*. Sério mesmo: por favor, não leia isto a menos que já tenha lido aqueles livros. Na verdade, prefiro que você espere até acabar o livro seis, *Os Braceletes da Perdição*, porque algumas das revelações nesta história também são spoilers para aquele livro.

O texto a seguir é algo que comecei a planejar em 2004, mais de uma década atrás. Durante anos não tive certeza se seria capaz de escrevê-lo; dependeria da popularidade de *Mistborn*, e se as pessoas se importavam ou não com a cosmere mais ampla.

Bem, as respostas às duas questões foram incríveis. Então, durante os últimos anos trabalhei ocasionalmente em cenas para este livro, quando tinha um tempinho sobrando. Embora eu adore o resultado, preciso avisá-lo: estruturalmente, não é como a maioria das peças que escrevi. Ela depende do conhecimento de *Mistborn: A Trilogia Original*, e embora conte sua própria narrativa coesa, os elementos daquela narrativa estão espalhados por três anos do tempo daquele mundo.

Isso criou algo diferente de qualquer coisa que eu já tenha feito. Algo esquisito, mas audacioso nos seus próprios termos.

Agora, enfim chegou a hora de revelar alguns segredos.

PARTE UM
IMPÉRIO

1

KELSIER queimou o Décimo Primeiro Metal.

Nada mudou. Ele ainda estava naquela praça em Luthadel, enfrentando o Senhor Soberano. Uma plateia silenciosa, composta tanto por nobres quanto skaas, assistia do perímetro. Uma roda rangendo girava preguiçosamente ao vento, pendendo da carroça da prisão virada ali perto. A cabeça de um Inquisidor havia sido pregada na madeira da parte de trás da carroça, fixada pelas suas próprias estacas.

Nada mudou, enquanto tudo mudava. Pois aos olhos de Kelsier, agora havia dois homens diante dele.

Um deles era o imperador imortal que reinava havia mil anos: uma figura imponente com cabelos negros como piche e um tórax perfurado por duas lanças que ele mal parecia notar. Ao lado dele havia um homem com os mesmos traços — mas com uma atitude completamente diferente. Uma figura coberta por peles espessas, o nariz e as bochechas coradas como se estivesse com frio. Seu cabelo estava embaraçado e despenteado pelo vento, sua postura era jovial, sorridente.

Era o mesmo homem.

Posso usar isso? pensou Kelsier, desesperado.

Cinzas pretas caíam levemente entre eles. O Senhor Soberano olhou para o Inquisidor que Kelsier havia matado.

— Esses são muito difíceis de substituir — disse ele, com a voz imperiosa.

Aquele tom parecia um contraste direto com o homem ao lado dele: um vagabundo, um homem montanhês com o rosto do Senhor Soberano. *É isso que você realmente é*, refletiu Kelsier. Mas isso não ajudou em nada. Só era mais uma prova de que o Décimo Primeiro Metal não era o que Kelsier havia esperado. O metal não era uma solução mágica para acabar com o Senhor Soberano. Ele teria que contar com seu outro plano.

E assim, Kelsier sorriu.

— Eu matei você uma vez — disse o Senhor Soberano.

— Você tentou — retrucou Kelsier, com o coração acelerado. O outro plano, o plano secreto. — Mas não pode me matar, Lorde Tirano. Represento o que você nunca foi capaz de matar, não importa o quanto tente. Eu sou a esperança.

O Senhor Soberano bufou de desprezo. Ele levantou um braço casualmente.

Kelsier se preparou. Ele não podia lutar contra alguém que fosse imortal. Pelo menos, não enquanto estivesse vivo.

Fique firme. Dê-lhes algo para se lembrarem.

O Senhor Soberano golpeou-o com o dorso da mão. A agonia atingiu Kelsier como um raio. Naquele momento, Kelsier avivou o Décimo Primeiro Metal e vislumbrou algo novo.

O Senhor Soberano de pé em uma sala — não, em uma caverna! O Senhor Soberano adentrou um poço brilhante e o mundo se alterou ao redor dele, rochas se desfazendo, a sala se retorcendo, tudo *mudando*.

A visão desapareceu.

Kelsier morreu.

Acabou sendo um processo muito mais doloroso do que ele havia antecipado. Em vez de uma lenta desaparição até o nada, houve uma horrível sensação de *esfacelamento* — como se ele fosse um pano preso entre as mandíbulas de dois cães raivosos.

Ele gritou, desesperado, tentando se manter inteiro. Sua vontade não significava nada; ele foi dilacerado, rasgado e jogado em um lugar de brumas infinitamente em movimento.

Ele se levantou, cambaleando, dolorido. Não sabia ao certo sobre o que estava ajoelhado, já que para baixo só parecia haver mais bruma. O chão ondulava como líquido, e parecia mole ao seu toque.

Ele se ajoelhou ali, resistindo, sentindo a dor lentamente desaparecer. Finalmente, ele relaxou a mandíbula e grunhiu.

Ele estava vivo. Mais ou menos.

Ele conseguiu olhar para cima. Aquela mesma massa acinzentada se deslocava ao seu redor. Um vazio? Não, ele podia ver formas dentro dela, sombras. Colinas? E bem alto no céu, algum tipo de luz. Um sol minúsculo, talvez, visto através de densas nuvens cinzentas.

Kelsier inspirou e expirou, então rosnou, ficando de pé.

— Bem — proclamou —, *isso* foi absolutamente horrível.

Ao que parecia, havia um pós-vida, o que era uma descoberta agradável. Será que isso significava... significava que Mare ainda estava por aí em algum lugar? Ele sempre dizia banalidades quando falava para os outros que algum dia estaria com ela novamente. Mas no fundo nunca acreditara, nunca realmente pensara...

O final não era o final. Kelsier voltou a sorrir, dessa vez realmente empolgado. Ele se virou e, ao inspecionar os arredores, as brumas pareceram se dissipar. Não, parecia que Kelsier estava se *solidificando*, entrando completamente nesse lugar. A retirada das brumas foi mais como uma limpeza de sua própria mente.

As brumas se fundiram em formas. As sombras que ele havia confundido com colinas eram edifícios, nebulosos e formados por brumas cambiantes. O terreno sob seus pés também era bruma, uma profunda vastidão, como se ele estivesse de pé na superfície do oceano. Era macio ao toque, como pano, e até mesmo um pouco elástico.

Ali perto jazia a carroça virada da prisão, mas ali ela era feita de bruma. A bruma mudou e se moveu, mas a carroça manteve sua forma. Era como se a bruma estivesse aprisionada por alguma força invisível em uma forma específica. E o mais notável era que as barras da carroça da prisão *brilhavam* deste lado. Complementando os outros pontos de luz incandescentes que apareciam ao seu redor, salpicando a paisagem. Maçanetas. Travas de janelas. Tudo no mundo dos vivos estava refletido nesse lugar, e embora a maioria das coisas fossem brumas sombrias, o metal aparecia como uma luz poderosa.

Algumas dessas luzes se moviam. Ele franziu a testa, aproximando-se de uma delas, e só então reconheceu que muitas das luzes eram pessoas. Ele viu cada uma como uma intensa luz branca irradiando de uma forma humana.

Metal e almas são a mesma coisa, observou. Quem teria imaginado?

Enquanto se localizava, ele compreendeu o que estava acontecendo no mundo dos vivos. Milhares de luzes se moveram, fluindo para longe. A multidão estava fugindo da praça. Uma luz poderosa, com uma silhueta alta, caminhava a passos largos em outra direção. O Senhor Soberano.

Kelsier tentou segui-lo, mas tropeçou em alguma coisa aos seus pés. Uma forma nebulosa jogada no chão, perfurada por uma lança. O cadáver do próprio Kelsier.

Tocá-lo era como se lembrar de uma experiência de ternura. Cheiros familiares da sua juventude. A voz da sua mãe. O aconchego de deitar-se em uma colina com Mare, olhando as cinzas que caíam.

Essas experiências foram sumindo e parecendo *esfriar.* Uma das luzes da multidão fugindo — era difícil distinguir indivíduos, com todos acesos — avançou em sua direção. De início ele pensou que talvez essa pessoa houvesse visto seu espírito; mas não, ela correu até seu corpo e se ajoelhou.

Agora que ela estava perto, pôde identificar os detalhes das feições da figura, recortada das brumas e emitindo luz do seu interior.

— Ah, menina — disse Kelsier. — Sinto muito.

Ele estendeu a mão e acariciou o rosto de Vin enquanto ela chorava sobre seu cadáver e descobriu que podia senti-la. Ela era sólida para seus dedos etéreos. Vin não parecia capaz de sentir seu toque, mas ele captou um vislumbre dela do mundo real, com as bochechas molhadas pelas lágrimas.

As últimas palavras que ele lhe dissera haviam sido ríspidas, não haviam? Talvez fosse bom que ele e Mare não houvessem chegado a ter filhos.

Uma figura brilhante surgiu das massas em fuga e agarrou Vin. Seria Ham? Devia ser, com aquele perfil. Kelsier se levantou e assistiu enquanto eles recuavam. Ele havia posto planos em ação para eles. Talvez o odiassem por causa disso.

— Você deixou que ele o matasse.

Kelsier girou, surpreso ao encontrar uma pessoa ao seu lado. Não uma figura feita de bruma, mas um homem usando roupas estranhas: um fino casaco de lã que chegava quase aos seus pés, e por baixo uma camisa fechada com cordões, com um tipo de saia cônica, presa por um cinto no qual uma faca de punho de osso estava presa em um aro.

O homem era baixo, com cabelos negros e nariz proeminente. Ao contrário das outras pessoas — que eram feitas de luz — esse homem parecia normal, como Kelsier. Já que Kelsier estava morto, será que o homem era outro fantasma?

— Quem é você? — interpelou Kelsier.

— Ah, eu acho que você sabe.

O homem olhou Kelsier nos olhos, e nesse olhar Kelsier viu a eternidade. Uma eternidade fria e calma — a eternidade de pedras que viram gerações passarem, ou das profundezas insensíveis que não notavam a mudança dos dias, porque a luz nunca as alcançaria.

— Ah, inferno — praguejou Kelsier. — Existe mesmo um Deus?

— Sim.

Kelsier deu-lhe um soco.

Foi um soco bom e limpo, impulsionado a partir do ombro enquanto ele levantava o outro braço para bloquear um contra-ataque. Dox teria se orgulhado.

Deus não se esquivou. O golpe de Kelsier pegou-o bem na cara, acertando com um *tum* bem satisfatório. O soco jogou Deus ao chão, embora quando ele olhou para cima parecesse mais chocado do que dolorido.

Kelsier deu um passo à frente.

— O que há de errado com você? Você é real, e está deixando *isso* acontecer? — Ele acenou para a praça onde, para seu horror, viu luzes se apagando. Os Inquisidores estavam atacando a multidão.

— Eu faço o que posso. — A figura caída pareceu se distorcer por um momento, como brumas escapando de um cercado. — Eu faço... eu faço o que posso. Está em movimento, você sabe. Eu...

Kelsier recuou um passo, seus olhos se arregalando enquanto Deus *se desfazia*, então se recompunha.

Ao redor dele, outras almas faziam a transição. Seus corpos pararam de brilhar, então suas almas surgiram nessa terra de brumas: tropeçando, caindo, como se houvessem sido ejetados dos seus corpos. Quando eles chegaram, Kelsier viu-os a cores. O mesmo homem — Deus— apareceu perto de cada um deles. Havia subitamente mais de uma dúzia de versões dele, todas idênticas, cada uma falando com um dos mortos.

A versão de Deus perto de Kelsier se levantou e esfregou o queixo.

— Ninguém jamais fez isso.

— É mesmo? — perguntou Kelsier.

— Não. As almas geralmente estão desorientadas demais. Mas algumas fogem. — Ele olhou para Kelsier.

Kelsier fechou os punhos. Deus deu um passo para trás e — de maneira hilária — estendeu a mão até a faca no seu cinto.

Bem, Kelsier não ia atacá-lo, não de novo. Mas ele *precisava* ouvir o desafio naquelas palavras. Será que ele fugiria? É claro que não. Para onde ele fugiria?

Ali perto, uma desafortunada mulher skaa tropeçou para o pós-vida, então quase imediatamente *desapareceu*. Sua silhueta se esticou, transformando-se em uma bruma branca que foi puxada para um ponto sombrio e distante. Pelo menos, foi assim que pareceu acontecer, embora o ponto para onde ela houvesse se esticado não fosse um lugar — não de verdade. Ele estava... além. Um local que de algum modo era distante, apontando para longe dele independentemente de para onde ele se movesse.

Ela se esticou, depois sumiu. Outros espíritos na praça a seguiram.

Kelsier se voltou para Deus.

— O que está acontecendo?

— Você não achou que *isso* era o fim, achou? — perguntou Deus, indicando o mundo sombrio. — Essa é a etapa intermediária. Depois da morte e antes...

— Antes do quê?

— Antes do Além — disse Deus. — O Outro Lugar. Para onde as almas vão. Para onde a *sua* deve ir.

— Eu ainda não fui.

— Leva mais tempo para alomânticos, mas vai acontecer. É o curso natural das coisas, como um rio correndo para o mar. Não estou aqui para fazer isso acontecer, mas para confortá-lo enquanto parte. Vejo isso como um tipo de... dever que vem com minha posição. — Ele esfregou a lateral do rosto e olhou feio para Kelsier, indicando o que ele pensava da sua recepção.

Ali perto, outro par de pessoas sumiu na eternidade. Eles pareceram aceitar o fato, adentrando o extenso nada com sorrisos de alívio e boas-vindas. Kelsier olhou para as almas que partiam.

— Mare — sussurrou.

— Ela foi para o Além. Como você também vai.

Kelsier olhou para aquele ponto Além, o ponto para onde todos os mortos estavam sendo atraídos. Ele sentiu, de leve, que também estava começando a ser atraído.

Não. Não ainda.

— Precisamos de um plano — falou.

— Um plano? — perguntou Deus.

— Para me tirar dessa. Posso precisar da sua ajuda.

— Não *tem* como sair dessa.

— Essa é uma péssima atitude — afirmou Kelsier. — Nunca vamos conseguir fazer algo se você disser coisas assim.

Ele olhou para seu braço, que estava — de modo desconcertante — começando a parecer borrado, como tinta em uma página que foi acidentalmente tocada antes de secar. Sentiu algo sendo *drenado.*

Começou a caminhar, forçando-se a dar passos largos. Não ficaria simplesmente parado enquanto a eternidade tentava sugá-lo para longe.

— É natural sentir insegurança — disse Deus, acompanhando-o na caminhada. — Muitos ficam ansiosos. Fique em paz. Aqueles que você deixou para trás vão encontrar seu próprio caminho, e você...

— Sei, ótimo — cortou Kelsier. — Não tenho tempo para sermões. Me diga: alguém já resistiu a ser puxado para o Além?

— Não. — A forma de Deus pulsou, se desfazendo de novo antes de voltar a se juntar. — Eu já disse a você.

Droga, pensou Kelsier. *Ele parece mesmo prestes a cair aos pedaços.* Bem, era preciso trabalhar com o que se tinha.

— Você tem que ter alguma ideia do que eu poderia tentar, Fumaça.

— Do que foi que você me chamou?

— Fumaça. Tenho que chamar você de alguma coisa.

— Você pode tentar "Meu Senhor" — bufou Fumaça.

— Esse é um apelido horrível para um membro de bando.

— Membro de bando...

— Eu preciso de uma equipe — disse Kelsier, ainda caminhando rápido pela versão sombria de Luthadel. — E como pode ver, minhas opções estão limitadas. Preferiria estar com Dox, mas ele tem que lidar com o homem que alega ser você. Além disso, a iniciação nessa minha equipe específica é de matar.

— Mas...

Kelsier se virou, pegando o homem menor pelos ombros. Seus braços estavam ficando ainda mais borrados, drenados como água sendo puxada pela corrente de um riacho invisível.

— Veja bem — disse Kelsier em um tom baixo e urgente —, você disse que estava aqui para me confortar. É assim que vai fazer isso. Se você estiver certo, nada que eu fizer agora vai importar. Então, por que não me fazer esse agrado? Deixe-me ter uma última empolgação enquanto encaro a eventualidade suprema.

Fumaça suspirou.

— Seria melhor que você aceitasse o que está acontecendo.

Kelsier encarou Fumaça. O tempo estava se esgotando; ele podia *sentir* que estava deslizando para o esquecimento, um ponto distante de vazio, escuro e incognoscível. Ainda assim, manteve o olhar firme. Se essa criatura agia como o humano com quem ela parecia, então fitá-lo nos olhos — com confiança, sorrindo, seguro de si — funcionaria. Fumaça cederia.

— Então — observou Fumaça. — Você não só é o primeiro a me bater, como também é o primeiro a tentar me *recrutar*. Você é um homem bem esquisito.

— Você não conhece meus amigos. Perto deles eu sou normal. Ideias, por favor.

Ele começou a caminhar por uma rua, movendo-se só por se mover. Prédios de apartamentos assomavam dos dois lados, feitos de brumas cambiantes. Eles pareciam com fantasmas de edifícios. Ocasionalmente uma onda — uma luz bruxuleando — pulsava através do chão e dos edifícios, fazendo com que as brumas se contorcessem e retorcessem.

— Eu não sei o que você espera que eu lhe diga — disse Fumaça, se apressando para caminhar ao lado dele. — Os espíritos que chegam a esse lugar são atraídos para o Além.

— Você não está sendo atraído.

— Eu sou um deus.

Um deus. Não simplesmente "Deus". Anotado.

— Bem — disse Kelsier —, qual é a característica de ser um deus que torna você imune?

— Tudo.

— Não consigo deixar de pensar que você não está se esforçando nessa equipe, Fumaça. Vamos lá, trabalhe comigo. Você deu a entender que alomânticos duram mais tempo. Feruquemistas também?

— Sim.

— Pessoas com poder — disse Kelsier, apontando para as torres distantes de Kredik Shaw.

Essa era a estrada que o Senhor Soberano havia tomado, rumo ao seu palácio. Embora a carruagem do Senhor Soberano agora estivesse distante, Kelsier ainda podia ver sua alma brilhando ali em algum lugar. Muito mais brilhante do que as outras.

— E ele? — quis saber Kelsier. — Você disse que todo mundo precisa se curvar à morte, mas obviamente isso não é verdade. Ele é imortal.

— Ele é um caso especial — respondeu Fumaça, ficando atento. — Ele tem maneiras de não morrer, em primeiro lugar.

— E se ele morresse? — insistiu Kelsier. — Ele duraria ainda mais tempo desse lado do que eu, certo?

— Ah, deveras — respondeu Fumaça. — Ele Ascendeu, ainda que por um curto período. Ele continha poder o bastante para expandir sua alma.

Entendi. Expandir minha alma.

— Eu... — Deus hesitou, sua figura se distorcendo. — Eu... — Ele inclinou a cabeça para o lado. — O que eu estava dizendo?

— Sobre como o Senhor Soberano expandiu sua alma.

— Aquilo foi fantástico — declarou Deus. — Foi um espetáculo! E agora ele está *Preservado*. Fico feliz que você não tenha descoberto uma maneira de destruí-lo. Todos os outros se vão, mas não ele. É maravilhoso.

— Maravilhoso? — Kelsier sentiu vontade de cuspir. — Ele é um tirano, Fumaça.

— Ele é imutável — replicou Deus, na defensiva. — Ele é um espécime brilhante. Tão único. Eu não concordo com o que ele faz, mas é possível ter empatia pelo carneiro enquanto se admira o leão, não é?

— Por que você não o detém? Se você discorda do que ele faz, então faça algo a respeito!

— Calma, calma — disse Deus. — Isso seria precipitado. De que adiantaria removê-lo? Só levaria ao poder outro líder mais efêmero, e causaria caos e ainda mais mortes do que o Senhor Soberano causou. É melhor ter estabilidade. Sim. Um líder constante.

Kelsier sentiu que estava se esticando ainda mais. Ele logo partiria. Aparentemente, seu novo corpo não podia suar, pois se pudesse sua testa estaria encharcada.

— Talvez você apreciasse assistir a outra pessoa fazendo o que ele fez — sugeriu Kelsier. — Expandir sua alma.

— Impossível. O poder no Poço da Ascensão não estará reunido e pronto por mais um ano.

— *O quê?* — disse Kelsier. O *Poço da Ascensão*?

Ele vasculhou suas memórias, tentando se lembrar das coisas que Sazed havia lhe dito sobre religião e crença. O escopo daquilo ameaçava sobrepujá--lo. Ele esteve brincando de rebelião e tronos — se concentrando na religião apenas quando achava que isso poderia beneficiar seus planos — e todo esse tempo, *isso* esteve por trás. Ignorado e despercebido.

Ele se sentiu como uma criança.

Fumaça continuou falando, sem prestar atenção no despertar de Kelsier.

— Mas não, você não seria capaz de usar o Poço. Eu falhei na tentativa de trancá-lo. Eu sabia que fracassaria; ele é mais forte. Sua essência vaza nas formas naturais. Sólido, líquido, gás. Devido à maneira como criamos o mundo. Ele tem planos. Mas será que são mais profundos do que os meus, será que finalmente consegui ser mais esperto do que ele...?

Fumaça se distorceu novamente. Seu monólogo fez pouco sentido para Kelsier. Ele achava que era algo importante, mas que não era *urgente*.

— O poder está retornando ao Poço da Ascensão — disse Kelsier.

Fumaça hesitou.

— Hum. Sim. Hum, mas está muito, muito longe. Sim, longe demais para você ir até lá. Uma pena.

Deus, pelo jeito, era um péssimo mentiroso.

Kelsier o agarrou, e o homenzinho se encolheu de susto.

— Diga-me — pediu Kelsier. — Por favor. Posso sentir que estou me esticando, caindo, sendo puxado. Por favor.

Fumaça se soltou com um puxão. Os dedos de Kelsier — ou melhor, os dedos da sua alma — já não estavam funcionando tão bem.

— Não — recusou Fumaça. — Não, não está certo. Se você o tocasse, você só aumentaria o poder dele. Assim como todos os outros.

Muito bem, pensou Kelsier. *Uma trapaça, então.*

Ele se deixou desabar contra a parede de um edifício fantasmagórico e suspirou, se acomodando em uma posição sentada, de costas para a parede.

— Tudo bem.

— Viu, pronto! — disse Fumaça. — Assim é melhor. Muito melhor, não é?

— Sim — respondeu Kelsier.

Deus pareceu relaxar. Com desconforto, Kelsier notou que Deus ainda estava vazando. A névoa escorria do seu corpo em alguns pontinhos minúsculos. Essa criatura era como uma fera ferida, placidamente seguindo pela sua vida diária enquanto ignorava as marcas de mordida.

Permanecer imóvel era difícil; mais difícil do que encarar o Senhor Soberano havia sido. Kelsier queria fugir, gritar, se apressar e se mover. A sensação de estar sendo puxado para longe era *horrível*.

De algum modo ele fingiu estar relaxado.

— Você me fez — falou, como se estivesse muito cansado e com dificuldade para verbalizar as palavras — uma pergunta? Quando apareceu para mim, em primeiro lugar?

— Ah! — disse Fumaça. — Sim. Você deixou que ele o matasse. Eu não esperava isso.

— Você é Deus. Não pode ver o futuro?

— Até certo ponto — respondeu Fumaça, animado. — Mas é nebuloso, tão nebuloso. Possibilidades demais. Não vi isso entre elas, embora provavelmente esteja lá. Você precisa me dizer. Por que *deixou* que ele o matasse? No fim, você só ficou ali parado.

— Eu não conseguiria escapar — admitiu Kelsier. — Quando o Senhor Soberano chegou, não havia mais como fugir. Tive que confrontá-lo.

— Você nem mesmo lutou.

— Usei o Décimo Primeiro Metal.

— Tolice — disse Deus. Ele começou a andar de um lado para outro. — Era a influência de Ruína sobre você. Mas de que adiantava? Não pude compreender por que ele queria que você tivesse aquele metal inútil. — Ele se animou. — E aquela *luta*. Você e o Inquisidor. Sim, vi muitas coisas, mas isso foi diferente de tudo. Impressionante, embora eu desejasse que você não houvesse causado tamanha destruição, Kelsier.

Ele voltou a andar de um lado para outro, mas seus passos pareciam mais animados. Kelsier não havia esperado que Deus fosse tão... humano. Excitável, até mesmo enérgico.

— Eu vi alguma coisa — comentou Kelsier — enquanto o Senhor Soberano me matava. A pessoa que ele poderia ter sido algum dia. Seu passado? Uma versão do seu passado? Ele estava ao lado do Poço da Ascensão.

— Você viu? Hmm. Sim, o metal avivou durante o momento de transição. Então você teve um vislumbre do Reino Espiritual? Sua Conexão e seu passado? Você estava usando a essência de Ati, infelizmente. Não se deve confiar nela, mesmo em forma diluída. A não ser que... — Ele franziu o rosto, inclinando a cabeça para o lado, como se estivesse tentando se lembrar de algo que havia esquecido.

— Outro deus — sussurrou Kelsier, fechando os olhos. — Você disse... que o aprisionou?

— Ele eventualmente vai se libertar. É inevitável. Mas a prisão não é minha última jogada. Não pode ser.

Talvez eu devesse *simplesmente me entregar*, pensou Kelsier, à deriva.

— Pronto, agora sim — disse Deus. — Adeus, Kelsier. Você serviu a *ele* mais do que a mim, mas posso respeitar suas intenções *e* sua notável habilidade em se Preservar.

— Eu vi — sussurrou Kelsier. — Uma caverna no alto das montanhas. O Poço da Ascensão...

— Sim — concordou Fumaça. — Foi onde a coloquei.

— Mas... — disse Kelsier, se esticando — ele a moveu...

— Naturalmente.

O que o Senhor Soberano faria com tamanha fonte de poder? A esconderia?

Ou a manteria muito, muito perto? Ao alcance das mãos. Kelsier não havia visto peles, como aquelas que o Senhor Soberano usava na sua visão? Ele as vira em uma sala, atrás de um Inquisidor. Um edifício dentro de um edifício, oculto dentro das profundezas do palácio.

Kelsier abriu os olhos.

Fumaça girou na direção dele.

— O quê...

Kelsier se levantou pesadamente e começou a correr. Não havia mais muito *eu* sobrando nele, só uma imagem difusa e desfocada. Os pés com que corria eram borrões distorcidos e sua forma, um pedaço de pano descosturando e se desfazendo. Ele mal conseguiu se apoiar no chão nebuloso e, quando tropeçou contra um edifício, ele *empurrou* através dele, ignorando a muralha como alguém ignoraria uma brisa forte.

— Então você *é* um fugitivo — observou Fumaça, aparecendo ao lado dele. — Kelsier, garoto, isso não vai te trazer nada. Suponho que não deveria ter esperado nada menos de você. Resistindo desesperadamente ao próprio destino até o último momento.

Kelsier mal ouviu as palavras. Ele se concentrou na corrida, em resistir àquela pegada *arrastando-o* para trás, até o nada. Ele correu das garras da própria morte, seus dedos frios se fechando ao redor dele.

Corra.

Concentre-se.

Lute para *ser.*

A fuga o lembrava de outra época, escalando dentro de uma mina, com os braços ensanguentados. Ele *não seria pego*!

A pulsação se tornou seu guia, aquela onda que varria periodicamente o mundo de sombras. Ele buscou sua fonte. Atravessou edifícios, cruzou passagens, ignorando tanto o metal quanto as almas dos homens até alcançar a silhueta de bruma cinza de Kredik Shaw, a Colina das Mil Torres.

Ali, Fumaça pareceu entender o que ele estava fazendo.

— Seu corvo de língua de zinco — disse o deus, se movendo até ficar ao lado dele sem esforço enquanto Kelsier dava tudo de si na corrida. — Você não vai alcançá-lo a tempo.

Ele estava correndo através das brumas novamente. Paredes, pessoas, edifícios sumiram.

Nada além de brumas escuras e revoltas.

Mas as brumas nunca haviam sido suas inimigas.

Com as batidas desses pulsos para guiá-lo, Kelsier fez força para passar pelo nada fervilhante até que um pilar de luz explodiu diante dele. Estava ali! Ele podia ver, ardendo nas brumas. Ele quase podia tocá-lo, quase...

Ele estava perdendo tudo. Estava se perdendo. Ele não podia mais se mover.

Alguma coisa o agarrou.

— Por favor... — sussurrou ele, caindo, deslizando para longe.

Isso não está certo. A voz de Fumaça.

— Você quer ver algo... espetacular? — sussurrou Kelsier. — Ajude-me a viver. Eu vou lhe *mostrar... o que é espetacular.*

Fumaça oscilou, e Kelsier podia sentir a hesitação da divindade. Ela foi seguida por um senso de propósito, como uma lâmpada sendo acesa, e uma gargalhada.

Muito bem. Seja Preservado, Kelsier. Sobrevivente.

Alguma coisa o empurrou para a frente, e Kelsier se fundiu com a luz. Momentos depois ele piscou, desperto. Ele ainda estava no mundo nebuloso, mas seu corpo — ou, bem, seu espírito — havia sido reformado. Jazia em um lago de luz como metal líquido. Podia sentir o calor ao redor dele, revigorando-o.

Ele conseguia identificar uma caverna nebulosa fora do lago; parecia feita de rocha natural, embora não pudesse ter certeza, porque só havia bruma desse lado.

A pulsação percorria seu corpo.

— O poder — disse Fumaça, de pé além da luz. — Agora você faz parte dele, Kelsier.

— Sim — replicou Kelsier, ficando de pé, pingando luz radiante. — Posso senti-lo, ecoando através de mim.

— Você está preso com ele — começou Fumaça. Ele parecia raso, pálido, em comparação com a luz poderosa onde Kelsier estava. — Eu o avisei. Isso é uma prisão.

Kelsier se acomodou, inspirando e expirando.

— Estou vivo.

— De acordo com uma definição muito ampla da palavra.

Kelsier sorriu.

— Vai servir.

2

A IMORTALIDADE provou ser muito mais frustrante do que Kelsier havia antecipado.

É claro, ele não sabia se era *realmente* imortal ou não. Ele não tinha batimento cardíaco — o que só era enervante quando reparava nisso — e não precisava respirar. Mas quem poderia dizer se sua alma envelhecia ou não nesse lugar?

Nas horas seguintes à sua sobrevivência, Kelsier inspecionou seu novo lar. Deus estava certo, aquilo *era* uma prisão. O lago onde ele estava era profundo no centro, e estava preenchido com luz líquida que parecia o reflexo de alguma coisa mais... potente do outro lado.

Felizmente, embora o Poço não fosse largo, só bem no centro era mais fundo do que sua altura. Ele podia permanecer ao redor do perímetro e ficar na luz só até a cintura. Era ralo, mais ralo do que água, e era fácil se mover através dele.

Ele também podia sair desse lago e do seu pilar de luz anexo, se ajeitando no lado em que havia rochas. Tudo nessa caverna era feito de bruma, embora as bordas do Poço... Ele aparentemente via melhor a pedra ali, de modo mais pleno. Ela parecia até ter cor de verdade. Como se esse lugar fosse em parte espírito, como ele.

Ele podia se sentar na beira do Poço, com as pernas pendendo na luz. Mas se tentasse caminhar para muito longe do Poço, fios nebulosos do mesmo poder o seguiam e o continham, como correntes. Eles não o deixavam se afastar mais do que uns poucos metros do lago. Ele tentou fazer força, empurrar, correr e se jogar para fora, mas nada funcionava. Ele sempre era puxado de volta bruscamente quando se afastava uns poucos metros.

Depois de várias horas tentando se libertar, Kelsier deixou-se cair na beira do Poço, sentindo-se... exausto? Seria essa a palavra certa? Ele não tinha corpo, e não sentia os sinais tradicionais de cansaço. Nenhuma dor de cabeça, nenhum músculo estirado. Mas *estava* fatigado. Esfarrapado como uma bandeira velha que tremulara ao vento durante um número excessivo de tempestades.

Forçado a relaxar, avaliou o pouco que podia ver dos seus arredores. Fumaça se fora; o deus havia se distraído com alguma coisa pouco tempo depois da Preservação de Kelsier, e desaparecera. Isso havia deixado Kelsier com uma caverna feita de sombras, o próprio lago brilhante e alguns pilares se estendendo pela câmara. Na outra extremidade, podia ver o brilho de pedaços de metal, embora não pudesse compreender o que eles eram.

Esse era o somatório da sua existência. Ele havia se trancado naquela pequena prisão por toda a eternidade? Parecia ser uma suprema ironia que houvesse conseguido enganar a morte, só para sofrer com um destino muito pior.

O que aconteceria com sua mente se ele passasse algumas décadas aqui? Alguns *séculos*?

Ele estava sentado na beira do Poço, e tentou se distrair pensando sobre seus amigos. Havia confiado nos seus planos no momento da sua morte, mas agora via tantas falhas neles para inspirar uma rebelião. E se os skaas não se revoltassem? E se os suprimentos que ele havia preparado não fossem o suficiente?

Mesmo que tudo isso funcionasse, tanta coisa estaria sobre os ombros de alguns homens muito despreparados. E de uma jovem notável.

Luzes atraíram sua atenção, e ele ficou de pé em um salto, ávido por qualquer distração. Um grupo de figuras, realçadas como almas brilhantes, havia adentrado essa sala no mundo dos vivos. Havia algo estranho nelas. Seus olhos...

Inquisidores.

Kelsier se recusou a se encolher, embora abominasse aquelas criaturas com todos seus instintos. Ele havia derrotado um dos seus campeões; não as temeria mais. Em vez disso, andou pelos seus confins, tentando discernir o que os três Inquisidores estavam arrastando na direção dele. Algo grande e pesado, que não emitia brilho algum.

Um corpo, compreendeu. *Decapitado.*

Seria aquele que ele havia matado? Sim, devia ser isso. Outro Inquisidor estava reverentemente carregando as estacas do falecido, uma pilha delas, todas colocadas juntas dentro de uma grande jarra de líquido. Kelsier apertou os olhos na direção dela, dando um único passo para fora da sua prisão, tentando compreender o que estava vendo.

— Sangue — disse Fumaça, subitamente de pé ali perto. — Eles armazenam as estacas no sangue até que possam ser usadas de novo. Dessa maneira, impedem que percam sua eficácia.

— Hum — murmurou Kelsier, dando um passo para o lado enquanto os Inquisidores jogavam o corpo no Poço, depois a cabeça. Ambos evaporaram. — Eles fazem isso com frequência?

— Toda vez que um deles morre — respondeu Fumaça. — Duvido que saibam o que estão fazendo. Jogar um corpo morto naquele lago é totalmente sem sentido.

Os Inquisidores recuaram com as estacas do caído. A julgar pelos ombros encolhidos, as criaturas estavam exaustas.

— Meu plano — disse Kelsier, olhando para Fumaça. — Como está indo? Minha equipe deveria ter descoberto o depósito a essa altura. O povo da cidade... Funcionou? Os skaas estão zangados?

— Hmmm? — perguntou Fumaça.

— A revolução, o plano — disse Kelsier, indo na direção dele.

Deus se deslocou para trás, ficando além de onde Kelsier seria capaz de alcançá-lo, a mão indo até a faca no seu cinto. Talvez aquele soco de antes houvesse sido uma má ideia.

— Fumaça, me escute. Você precisa cutucá-los. Nunca teremos uma chance melhor de destroná-lo.

— O plano... — disse Fumaça. Ele se desfez por um momento, antes de voltar. — Sim, havia um plano. Eu... me lembro de que eu tinha um plano. Quando eu era mais inteligente...

— O plano — disse Kelsier — é fazer com que os skaas se revoltem. Não vai importar quão poderoso é o Senhor Soberano, não vai importar se ele é imortal, quando o acorrentarmos e o prendermos.

Fumaça assentiu, distraído.

— Fumaça?

Ele tremeu, olhando de relance para Kelsier, e os lados da sua cabeça se desfizeram aos poucos — como um tapete desfiando, cada fio escapando e sumindo no nada.

— Ele está me matando, sabe? Ele quer que eu suma antes do próximo ciclo. Contudo... talvez eu consiga me sustentar. Está me ouvindo, Ruína! Ainda não morri. Ainda... estou aqui...

Inferno, pensou Kelsier, gelado. *Deus está enlouquecendo.*

Fumaça começou a andar de um lado para outro.

— Sei que você está escutando, mudando o que eu escrevo, o que escrevi. Faz nossa religião ser só sobre você. Eles mal se lembram mais da verdade. Sutil como sempre, seu verme.

— Fumaça — chamou Kelsier. — Será que você pode ir...

— Preciso de um sinal — sussurrou Fumaça, parando perto de Kelsier. — Algo que ele não poderia mudar. Um sinal da arma que enterrei. O ponto de ebulição da água, eu acho. Talvez o ponto de congelamento? Mas e se as unidades mudarem com o passar dos anos? Preciso de algo que fosse lembrado para sempre. Algo que eles reconheçam imediatamente. — Ele se inclinou para mais perto. — Dezesseis.

— Dez... esseis? — perguntou Kelsier.

— Dezesseis. — Fumaça sorriu largamente. — Inteligente, você não acha?

— Porque isso significa...

— O número de metais — explicou Fumaça. — Na Alomancia.

— Existem dez. Onze, se você contar com aquele que descobri.

— Não! Não, não, isso é idiota. Dezesseis. É o número perfeito. Eles vão perceber. Eles têm que perceber. — Fumaça começou a andar de um lado para outro novamente, e sua mente retornou, na maior parte, ao seu estado anterior.

Kelsier se sentou na borda da sua prisão. As ações de Deus eram muito mais erráticas do que haviam sido antes. Alguma coisa havia mudado, ou — como um humano com um transtorno mental — Deus simplesmente estava melhor em alguns momentos do que em outros?

Fumaça olhou para cima abruptamente. Ele fez uma careta, voltando os olhos para o teto, como se este fosse desabar sobre ele. Abriu a boca, movendo a mandíbula, mas sem emitir som.

— O quê... — disse ele finalmente. — O que você *fez*?

Kelsier se levantou na sua prisão.

— O que você fez? — berrou Fumaça.

Kelsier sorriu.

— Esperança — respondeu ele baixinho. — Eu tive esperança.

— Ele era perfeito — disse Fumaça. — Ele era... o único de vocês... que... — Então girou subitamente, olhando para a sala obscurecida além da prisão de Kelsier.

Alguém estava de pé do outro lado. Uma figura alta e imponente. Roupas familiares, em preto e branco, contrastando entre si.

O Senhor Soberano. Ou, pelo menos, seu espírito.

Kelsier foi até a borda de pedra rente ao lago e esperou enquanto o Senhor Soberano andava rumo à luz do Poço. Ele parou quando notou Kelsier.

— Eu matei você — disse o Senhor Soberano. — Duas vezes. Mas você continua vivo.

— Sim. Todos nós sabemos como você é incrivelmente incompetente. Fico feliz que esteja começando a ver por conta própria. Esse é o primeiro passo para mudar.

O Senhor Soberano fungou e olhou ao redor da câmara, com suas paredes diáfanas. Seus olhos passaram sobre Fumaça, mas ele não deu muita importância ao deus.

Kelsier estava exultante. Ela conseguiu. Ela realmente *conseguiu*. Como? Que segredo ele havia deixado passar?

— Esse sorriso — disse o Senhor Soberano para Kelsier — é insuportável. Eu *matei* você.

— Eu agradeci o favor.

— Você *não* me matou, Sobrevivente.

— Forjei a lâmina que o fez.

Fumaça limpou a garganta.

— É meu dever estar com você durante sua transição. Não se preocupe, ou...

— Silêncio — ordenou o Senhor Soberano, inspecionando a prisão de Kelsier. — Você sabe o que fez, Sobrevivente?

— Eu venci.

— Você trouxe Ruína para o mundo. Você é um peão. Tão orgulhoso, como um soldado no campo de batalha, confiante de que controla o próprio destino, enquanto ignora os milhares e milhares em sua fileira. — Ele sacudiu a cabeça. — Só faltava um ano. Tão perto. Eu teria resgatado novamente esse planeta ingrato.

— Essa é só... — Fumaça engoliu em seco. — Essa é só uma etapa intermediária. Depois da morte e antes do Outro Lugar. Para onde as almas devem ir. Para onde a *sua* deve ir, Rashek.

Rashek? Kelsier olhou novamente para o Senhor Soberano. Não era possível distinguir um terrisano pela cor da pele; esse era um erro que muita gente cometia. Alguns terrisanos tinham pele escura, outros, pele clara. Ainda assim, ele teria pensado...

A sala cheia de peles. Esse homem, no frio.

Idiota. Era esse o significado, naturalmente.

— Era tudo mentira — falou Kelsier. — Um truque. Sua imortalidade lendária? Seu poder de se curar? Feruquemia. Mas como você se tornou um alomântico?

O Senhor Soberano foi direto até o pilar de luz que se erguia da prisão, e os dois olharam um para o outro. Como haviam feito naquela praça na superfície quando estavam vivos.

Então o Senhor Soberano enfiou sua mão na luz.

Kelsier firmou o queixo e de repente visualizou horripilantes imagens sobre passar uma eternidade aprisionado com o homem que havia assassinado Mare. O Senhor Soberano puxou sua mão para fora, contudo, deixando uma trilha de luz pegajosa como melado. Ele virou sua mão, inspecionando o brilho, que eventualmente se apagou.

— Então, e agora? — indagou Kelsier. — Você vai permanecer aqui?

— Aqui? — O Senhor Soberano deu uma gargalhada. — Com um camundongo impotente e um rato mestiço? Faça-me o favor.

Ele fechou os olhos, então se esticou rumo àquele ponto que desafiava a geometria. Ele foi se desvanecendo, então finalmente desapareceu.

Kelsier ficou boquiaberto.

— Ele *partiu*?

— Para o Outro Lugar — confirmou Fumaça, sentando-se. — Eu não devia ter ficado tão esperançoso. Tudo passa, nada é eterno. Era isso que Ati sempre dizia...

— Ele não precisava partir — disse Kelsier. — Ele podia ter ficado. Podia ter sobrevivido!

— Eu lhe disse, a essa altura as pessoas racionais *querem* seguir em frente. — Fumaça desapareceu.

Kelsier permaneceu de pé ali, na borda da sua prisão, o lago brilhante lançando sua sombra pelo chão. Ele fitou a sala enevoada com suas colunas, esperando por alguma coisa, embora não soubesse ao certo o quê. Confirmação, celebração, uma mudança de algum tipo.

Nada. Ninguém veio, nem mesmo os Inquisidores. Como fora a revolução? Seriam os skaas os soberanos da sociedade? Ele teria gostado de ver as mortes da nobreza, tratada — por sua vez — como eles haviam tratado seus escravizados.

Ele não recebeu confirmação alguma, nenhum sinal, do que estava acontecendo acima. Eles não sabiam do Poço, obviamente. Tudo que Kelsier podia fazer era se acomodar.

E esperar.

PARTE DOIS
POÇO

1

O que Kelsier não daria por um lápis e papel.

Algo para escrever, alguma maneira de passar o tempo. Um meio de registrar seus pensamentos e criar um plano de fuga.

Enquanto os dias se passavam, ele tentou gravar anotações nas paredes do Poço, o que provou ser impossível. Tentou desfiar linhas da sua roupa, então amarrar nós nelas para representar palavras. Infelizmente, as linhas desapareciam assim que ele as soltava, e sua camisa e calças imediatamente voltavam a ser como eram antes. Fumaça, durante uma das suas raras visitas, explicou que as roupas não eram reais — ou melhor, eram apenas uma extensão do espírito de Kelsier.

Pelo mesmo motivo, ele não foi capaz de usar seu cabelo ou sangue para escrever. Tecnicamente, ele tampouco os tinha. Era muito frustrante, mas em algum momento lá pelo segundo mês de prisão ele admitiu a verdade para si mesmo. Escrever não era tão importante; nunca conseguira escrever quando estava confinado nos Fossos, mas havia planejado mesmo assim. Sim, haviam sido planos febris, sonhos impossíveis, mas a falta de papel não o detivera.

As tentativas de escrever tinham mais a ver com encontrar algo para fazer do que com traçar planos. Uma busca por um passatempo. Havia funcionado por algumas semanas, mas ao reconhecer a verdade, ele perdeu a disposição de tentar encontrar uma maneira de escrever.

Felizmente, na época em que reconheceu isso, descobriu algo novo na sua prisão.

Sussurros.

Ah, ele não podia *ouvi-los*. Mas poderia "ouvir" alguma coisa? Ele não tinha orelhas. Ele era... o que Fumaça havia dito? Uma Sombra Cognitiva? Uma força da mente, mantendo seu espírito inteiro, impedindo que ele se desfizesse. Seria um prato cheio para Saze. Ele adorava assuntos místicos como esse.

Apesar disso, Kelsier *podia* sentir alguma coisa. O Poço continuava a pulsar como antes, enviando ondas de choque através das paredes da sua prisão e para o mundo lá fora. Esses pulsos pareciam se fortalecer, um ritmo contínuo, como o bronze parecia dar a sensação de "ouvir" as pessoas usando Alomancia.

Dentro de cada pulso havia... alguma coisa. Sussurros, ele os chamava — embora contivessem mais do que apenas palavras. Estavam saturados com sons, odores e imagens.

Ele viu um livro, com tinta manchando suas páginas. Um grupo de pessoas compartilhando uma história. Terrisanos em túnicas? Sazed?

Os pulsos sussurravam palavras arrepiantes. *Herói das Eras. O Arauto. Portador do Mundo.* Ele reconheceu esses termos das antigas profecias de Terris mencionadas no diário de Alendi.

Kelsier agora sabia a verdade desconfortável. Ele havia *conhecido* um deus, o que significava que havia verdadeira profundidade e realidade na fé. Será que isso significava que havia algo na série de religiões que Saze mantinha no bolso, como cartas para formar um baralho?

Você trouxe Ruína para esse mundo...

Ele se acomodou na poderosa luz que era o Poço, e descobriu — com prática — que se submergisse no centro antes de um pulso, poderia segui-lo por uma curta distância. Isso fazia sua consciência viajar para fora do Poço para captar vislumbres do destino de cada pulso.

Kelsier achava ter visto bibliotecas, câmaras silenciosas onde terrisanos distantes falavam, trocando histórias e memorizando-as. Ele viu loucos encolhidos nas ruas, sussurrando as palavras que os pulsos transmitiam. Viu um homem Nascido da Bruma, um nobre, saltando entre edifícios.

Alguma coisa além de Kelsier seguia com esses pulsos. Algo que conduzia um trabalho invisível, algo interessado na sabedoria de Terris. Kelsier levou um tempo embaraçosamente longo para perceber que deveria tentar outra direção. Ele mergulhou no centro do lago, cercado pela luz líquida demasiado fina, e quando o próximo pulso chegou, empurrou-se na direção oposta — não junto com o pulso, mas rumo à sua fonte.

A luz afinou, e ele olhou para um lugar novo. Uma vastidão tenebrosa que não era nem o mundo dos mortos, nem o mundo dos vivos.

Naquele outro local, ele encontrou a *destruição.*

Decomposição. Não o negrume, pois o negrume era completo demais, *inteiro* demais para representar essa coisa que ele sentia no Além. Era uma vasta força que alegremente pegaria algo tão simples quanto a escuridão, então a rasgaria em pedaços.

Essa força era o tempo infinito. Era os ventos de erosão, as tempestades destruidoras, as ondas atemporais correndo lenta, lenta, lentamente até pararem enquanto o sol e o planeta resfriavam até o nada.

Era o final supremo e o destino de todas as coisas. E estava zangada.

Kelsier recuou, se jogando fora da luz, arquejando, tremendo.

Ele havia encontrado Deus. Mas para cada *empurrão*, havia um *puxão*. Qual era o oposto de Deus?

O que vira o perturbou a tal ponto que quase não retornou. Ele quase se convenceu a ignorar a coisa terrível nas trevas. Quase bloqueou os sussurros e tentou fingir que nunca vira aquele espantoso e vasto destruidor.

Mas, é claro, não podia fazer isso. Kelsier nunca fora capaz de resistir a um segredo. Essa coisa, ainda mais do que conhecer Fumaça, provava que Kelsier o tempo todo havia jogado um jogo cujas regras estavam muito além da sua compreensão.

Isso tanto o apavorava quanto o excitava.

E assim, ele voltou a contemplar a coisa. De novo e de novo ele foi, penando para compreender, embora se sentisse como uma formiga tentando entender uma sinfonia.

Fez isso por semanas, até o ponto em que a entidade *olhou* para ele.

Antes, a coisa não parecia tê-lo notado — como alguém poderia não notar a aranha escondida dentro de uma fechadura. Dessa vez, contudo, Kelsier de algum modo a alertou. A coisa se agitou em uma súbita mudança de movimento, então *fluiu* na direção dele, sua essência cercando o lugar de onde Kelsier observava. Ela girava lentamente ao redor de si mesma em um vórtice — como um oceano que começa a girar sobre um único ponto. Kelsier não podia deixar de sentir que um olho vasto e infinito estava subitamente voltando a *vista* para ele.

Ele fugiu, lançando respingos, chutando a luz líquida enquanto recuava de volta para sua prisão. Estava tão alarmado que sentiu um *batimento cardíaco* fantasma tamborilando dentro dele, sua essência reconhecendo a reação apropriada para o choque e tentando reproduzi-la. Isso parou quando ele se ajeitou na sua posição costumeira na lateral do lago.

A visão daquele ser voltando sua atenção sobre ele, a sensação de ser minúsculo diante de uma coisa tão vasta, perturbou profundamente Kelsier. Apesar de toda sua confiança e planejamento, ele era basicamente nada. Sua vida inteira havia sido um exercício de fanfarronadas involuntárias.

Meses se passaram. Ele não voltou a estudar a coisa no Além; em vez disso, Kelsier esperava que Fumaça viesse visitá-lo para ver como estava, como costumava fazer periodicamente.

Quando Fumaça finalmente chegou, ele parecia ainda mais acabado do que na última vez, brumas escapando dos seus ombros, um pequeno buraco na sua bochecha esquerda expondo o interior da boca, suas roupas cada vez mais esfarrapadas.

— Fumaça? — chamou Kelsier. — Eu vi alguma coisa. Esse tal... Ruína de que você falou. Acho que consigo vê-lo daqui.

Fumaça só andava de um lado para outro, nem mesmo falando.

— Fumaça? Ei, você está prestando atenção?

Nada.

— Idiota — tentou Kelsier. — Ei, você é um desastre como divindade. Está prestando atenção?

Nem o insulto funcionou. Fumaça só andava de um lado para outro.

Inútil, pensou Kelsier enquanto um pulso de poder deixava o Poço. Por casualidade, ele captou um vislumbre dos olhos de Fumaça enquanto o pulso passava.

E naquele momento Kelsier se lembrou de por que havia chamado aquela criatura de deus em primeiro lugar. Havia uma infinidade além daqueles olhos, um complemento ao ser aprisionado nesse Poço. Fumaça era a infinidade de uma nota mantida perfeitamente, sem nunca oscilar. A majestade de uma pintura, paralisada e quieta, capturando um instante da vida de um tempo que já passara. Era o poder de muitos, muitos momentos comprimidos, de algum modo, em um só.

Fumaça parou diante dele e suas bochechas se desfizeram completamente, revelando um esqueleto por baixo que também estava se decompondo, olhos brilhando com a eternidade. Essa criatura *era* uma divindade; só que uma divindade quebrada.

Fumaça partiu, e Kelsier não o viu por muitos meses. A quietude e silêncio da sua prisão pareciam tão infindáveis quanto as criaturas que ele havia estudado. Em um determinado momento, percebeu que estava planejando como atrair a atenção do ser destrutivo, mesmo que apenas para implorar que acabasse com ele.

Foi quando começou a falar sozinho que ele realmente se preocupou.

— O que você fez?

— Eu salvei o mundo. Libertei a humanidade.

— Você se vingou.

— As metas podem estar alinhadas.

— Você é um covarde.

— Eu mudei o mundo!

— E se você for apenas um peão daquela coisa no além? Como alegou o Senhor Soberano? Kelsier, e se você não tiver outro destino além de fazer o que mandam?

Ele conteve a explosão, se recuperando, mas a fragilidade de sua própria sanidade o deixou nervoso. Ele não havia estado completamente são nos Fossos, tampouco. Em um momento de quietude — fitando as brumas cambiantes que compunham as muralhas da sala cavernosa — admitiu um segredo mais profundo para si mesmo.

Ele não havia estado completamente são *desde* os Fossos.

Esse foi um dos motivos por que não confiou de início em seus sentidos quando alguém falou com ele.

— Ora, por *essa* eu não esperava.

Kelsier se sacudiu, então se virou desconfiado, preocupado de estar alucinando. Era possível ver todo tipo de coisa nas brumas cambiantes que compunham as paredes da caverna, se você olhasse para elas tempo o bastante.

Essa, contudo, não era uma figura feita de bruma. Era um homem com cabelo totalmente branco, seu rosto definido por traços angulosos e um nariz pontudo. Ele parecia vagamente familiar para Kelsier, mas ele não conseguiu descobrir por quê.

O homem estava sentado no chão, uma perna para cima e seu braço pousado no joelho. Levava na mão algum tipo de bastão.

Espere... não, ele não estava sentado no chão, mas em um objeto que de algum modo parecia estar *flutuando* sobre as brumas. O objeto branco e semelhante a um tronco estava afundado pela metade nas brumas do chão e balançava como um barco na água, oscilando onde estava. A vara na mão do homem era um remo curto, e sua outra perna — a que não estava levantada — jazia sobre o lado do tronco e desaparecia no chão nebuloso, visível apenas como uma silhueta obscurecida.

— Você — disse o homem a Kelsier — é péssimo em fazer o que deveria fazer.

— Quem é você? — indagou Kelsier, aproximando-se da borda da sua prisão, estreitando os olhos. Isso não era uma alucinação. Ele se recusava a acreditar que sua sanidade estava tão deteriorada. — Um espírito?

— Ai de mim — disse o homem —, a morte nunca me caiu bem. Faz mal para a pele, sabe? — Ele estudou Kelsier, as pontas dos lábios erguidas em um sorriso bem informado.

Kelsier o detestou imediatamente.

— Acabou preso aqui, foi? — observou o homem. — Na prisão de Ati... — Ele estalou a língua. — Uma recompensa apropriada pelo que você fez. Até mesmo poética.

— O que eu fiz?

— Destruiu os Fossos, ó homem das cicatrizes. Aquela era a única perpendicularidade nesse planeta com uma facilidade de acesso razoável. Essa aqui é *muito* perigosa, mais a cada minuto, e difícil de achar. Ao fazer o que você fez, basicamente fechou o tráfego através de Scadrial. Derrubou todo um ecossistema mercantil, o que admito ter sido divertido de assistir.

— Quem *é* você? — perguntou Kelsier.

— Eu? — disse o homem. — Sou um andarilho. Um cafajeste. A última respiração da chama, feita da fumaça a sua passagem.

— Isso é... desnecessariamente obtuso.

— Bem, eu sou isso também. — O homem inclinou a cabeça para o lado. — A maior parte do tempo, para ser honesto.

— E você alega que *não* está morto?

— Se eu estivesse, precisaria disso? — replicou o Andarilho, batendo o remo contra a parte frontal de sua pequena embarcação semelhante a um tronco.

Ele se sacudiu com o movimento e pela primeira vez Kelsier foi capaz de compreender o que ele era. Braços que não havia notado, pendendo para as brumas, obscurecidos. Uma cabeça frouxa no seu pescoço. Um traje branco, ocultando a forma.

— Um cadáver — sussurrou ele.

— Ah, o Pancada aqui é só um espírito. É difícil se mover nesse subastral. Qualquer pessoa com corpo físico se arrisca a escorregar por entre essas brumas e cair, talvez para sempre. Tantos pensamentos se acumulam aqui, tornando-se o que você vê ao seu redor, e você precisa de algo mais delicado para viajar por sobre tudo isso.

— Isso é horrível.

— Diz o homem que construiu uma revolução sobre as costas dos mortos. Pelo menos eu só preciso de *um* cadáver.

Kelsier cruzou os braços. Esse homem estava atento — embora falasse despreocupadamente, vigiava Kelsier com cuidado, e se continha como se estivesse contemplando um método de ataque.

Ele quer alguma coisa, deduziu Kelsier. *Algo que eu possuo, talvez?* Não, ele pareceu genuinamente surpreso com a presença de Kelsier ali. Ele fora até lá pretendendo visitar o Poço. Talvez quisesse entrar nele, acessar seu poder? Ou talvez quisesse só dar uma olhada na coisa Além?

— Bem, sem dúvida você é engenhoso — observou Kelsier. — Talvez possa me ajudar com minha dificuldade.

— Infelizmente — disse o Andarilho — seu caso não tem jeito.

Kelsier sentiu um aperto no coração.

— Sim, não há nada a fazer — continuou o Andarilho. — Você está, de fato, condenado a ter esse rosto. Ao manifestar esses mesmos traços desse lado, está mostrando que até mesmo sua *alma* se resignou a sempre parecer com um horrendo filho da...

— Bastardo — cortou Kelsier. — Você me pegou por um segundo.

— Ora, isso é demonstravelmente errado — disse o Andarilho, apontando. — Acredito que só um de nós no recinto seja ilegítimo, e não sou eu. A menos...

Ele bateu no cadáver flutuante na cabeça com seu remo.

— E você, Pancada?

O cadáver efetivamente balbuciou alguma coisa.

— Pais casados e felizes? Ainda vivos? É mesmo? Meus pêsames para eles.

O Andarilho olhou para Kelsier, com um sorriso inocente.

— Nenhum bastardo do lado de cá. E do seu aí?

— O bastardo por nascimento — retrucou Kelsier — está sempre melhor do que o bastardo por escolha, Andarilho. Assumo minha natureza se você assumir a sua.

O Andarilho deu uma risada, com um brilho nos olhos.

— Boa, boa. Diga-me, já que tocamos no assunto, o que é você? Um skaa de porte nobre ou um nobre com interesses de skaas? Qual metade é mais *você,* Sobrevivente?

— Bem — disse Kelsier desinteressado —, levando em conta que os parentes da minha metade nobre passaram a maior parte de quatro décadas tentando me exterminar, eu diria que estou mais inclinado ao lado skaa.

— Aaaah — disse o Andarilho se inclinando para a frente. — Mas não perguntei qual você gostava mais. Perguntei qual você *era.*

— Isso é relevante?

— É *interessante* — disse o Andarilho. — O que geralmente é bom o bastante para mim.

— Ele estendeu a mão para o cadáver que estava usando como barco, então removeu algo do bolso. Algo brilhante, embora Kelsier não pudesse dizer se era algo naturalmente radiante ou simplesmente algo feito de metal.

O brilho sumiu enquanto o Andarilho o administrava ao seu próprio barco, então — cobrindo o movimento com uma tosse, como que para esconder de Kelsier o que ele estava fazendo — furtivamente aplicou parte do brilho no seu remo. Quando colocou o remo de volta nas brumas, isso fez com que o barco se aproximasse do Poço.

— *Existe* alguma maneira de escapar dessa prisão? — perguntou Kelsier.

— Que tal isso? — sugeriu o Andarilho. — Vamos travar uma batalha de insultos. O vencedor pode fazer uma pergunta, e outro precisa responder dizendo a verdade. Vou começar. O que é molhado, feio e tem cicatrizes nos braços?

Kelsier ergueu uma sobrancelha. Todo esse papo era uma distração, como ficou comprovado pelo fato de o Andarilho se mover — de novo — para perto da prisão. *Ele vai tentar pular para dentro do Poço,* pensou Kelsier. *Pular para dentro, torcendo para ser rápido o bastante para me surpreender.*

— Nenhum palpite? — perguntou o Andarilho. — A resposta é basicamente qualquer um que passe tempo com você, Kelsier, já que eles acabam cortando os pulsos, esmurrando o próprio rosto e depois se afogando para esquecer a experiência. Há! Ok, sua vez.

— Eu vou assassinar você — disse Kelsier em voz baixa.

— Eu... Espere aí, *o quê*?

— Se você entrar aqui — começou Kelsier —, vou assassiná-lo. Vou cortar os tendões nos seus pulsos para que suas mãos não possam fazer nada além de me dar batidinhas inúteis enquanto me ajoelho sobre sua garganta e a esmago até a vida lentamente fugir de você, tudo isso enquanto removo seus dedos um por um. Por fim, deixarei que respire em um único arquejo desesperado, mas nesse momento vou enfiar seu dedo médio entre seus lábios enquanto é forçado a engoli-lo enquanto luta para respirar. Você vai morrer sabendo que sufocou até a morte na sua própria carne podre.

O Andarilho fitou-o de queixo caído, a boca se mexendo sem som.

— Eu... — disse ele finalmente. — Eu acho que você não sabe jogar esse jogo.

Kelsier deu de ombros.

— Sério — disse o Andarilho. — Você precisa de ajuda, amigo. Eu conheço um cara. Alto, careca, usa vários brincos. Tenha uma conversinha com ele na próxima...

O Andarilho parou de falar no meio da frase e pulou para a prisão, chutando para longe o cadáver flutuante e se jogando na luz.

Kelsier estava preparado. Enquanto o Andarilho adentrava a luz, Kelsier agarrou o homem pelo braço e o jogou para o lado do lago. A manobra funcionou, e Andarilho pareceu ser capaz de tocar as paredes e o chão aqui no Poço. Ele bateu contra a parede, fazendo com que as ondas de luz se espalhassem.

Enquanto Kelsier tentava socar a cabeça de Andarilho durante seu tropeço, o homem se apoiou no lado do lago e chutou para trás, dando uma rasteira em Kelsier.

Kelsier jogou a luz para todos os lados e tentou queimar metais por reflexo. Nada aconteceu, muito embora houvesse *alguma coisa* naquela luz. Algo familiar...

Ele conseguiu ficar de pé e pegou Andarilho se lançando ao centro, a parte mais profunda. Kelsier agarrou o homem pelo braço, jogando-o para longe. Seja lá o que esse homem desejava, os instintos de Kelsier lhe diziam que ele não deveria ter permissão de consegui-lo. Além disso, o Poço era o único recurso de Kelsier. Se ele pudesse impedir que o homem conseguisse o queria, subjugando-o, talvez isso levasse a respostas.

O Andarilho tropeçou, então avançou, tentando agarrar Kelsier.

Kelsier, por sua vez, girou e enterrou o punho no estômago do homem. O movimento deixou-o empolgado; depois de ficar sentado por tanto tempo, inativo, era ótimo ser capaz de *fazer* alguma coisa.

Andarilho grunhiu ao sofrer o golpe.

— Tudo bem, então — murmurou ele.

Kelsier levantou os punhos, conferiu sua postura, então disparou uma série de golpes rápidos no rosto do Andarilho que *deveria* tê-lo atordoado.

Quando Kelsier recuou — não desejando ir longe demais e ferir o homem seriamente —, descobriu que o Andarilho estava sorrindo para ele.

Aquilo não parecia um bom sinal.

De algum modo, o Andarilho não se abalou com os golpes que levara. Ele deu um pulo para a frente, esquivou-se da tentativa de soco de Kelsier, então desviou e *bateu* seu punho nos rins de Kelsier.

Doeu. Kelsier não tinha corpo, mas aparentemente seu espírito podia sentir dor. Ele soltou um grunhido e levantou os braços para proteger o rosto, recuando para dentro da luz líquida. O Andarilho atacou, implacável, batendo os punhos em Kelsier sem se preocupar com o dano que poderia causar a si mesmo.

Vá para o chão, disseram os instintos de Kelsier. Ele baixou uma das mãos e tentou agarrar o Andarilho pelo braço, planejando jogar os dois até a luz para se engalfinharem.

Infelizmente, o Andarilho era um pouco rápido demais. Ele se desviou e deu uma rasteira nas pernas de Kelsier novamente, então o agarrou pela garganta, batendo-o repetida e brutalmente contra o fundo da parte mais rasa da prisão, respingando-o na luz que era fina demais para ser água, mas sufocante mesmo assim.

Finalmente o Andarilho levantou o corpo frouxo dele. Os olhos do homem estavam brilhando.

— Isso foi desagradável — comentou —, mas, de algum modo, satisfatório. Aparentemente, o fato de você já estar morto significa que posso ferir você.

— Enquanto Kelsier tentava agarrar seu braço, Andarilho bateu Kelsier no chão de novo, então o puxou de volta para cima, atordoado.

— Sinto muito, Sobrevivente, pelo tratamento brutal — continuou o Andarilho. — Mas você *não* devia estar aqui. Você fez o que eu precisava que fizesse, mas é um curinga no baralho com que não pretendo lidar agora. — Ele fez uma pausa. — Se serve de consolo, você deveria se orgulhar. Faz séculos desde a última vez que alguém me acertou.

Ele soltou Kelsier, deixando que ele caísse e se agarrasse contra a lateral da prisão, meio submerso na luz. Ele rosnou, tentando se levantar para ir atrás do Andarilho.

O Andarilho suspirou, então passou a *chutar* a perna de Kelsier repetidamente, chocando-o com a dor. Ele gritou, segurando a perna. Ela devia ter quebrado devido à força daqueles chutes, e embora isso não houvesse acontecido, a dor era avassaladora.

— Isso é uma lição — disse o Andarilho, embora fosse difícil escutar as palavras em meio à dor. — Mas não a que você talvez pense que é. Você não tem um corpo, e não estou inclinado a realmente ferir sua alma. Essa dor é causada pela sua mente; ela está pensando no que *deveria* estar acontecendo com você, e reagindo em resposta. — Ele hesitou. — Não vou fazer com que você se engasgue com um pedaço da sua própria carne.

Ele caminhou até o meio do lago. Kelsier assistiu com olhos que tremiam de dor enquanto Andarilho estendia suas mãos para os lados e fechava os olhos. Ele foi até o centro do lago, a parte funda, e desapareceu na luz.

Um momento depois, uma figura escalou para fora do lago. Mas dessa vez, a pessoa era sombria, brilhando com uma luz interna como...

Como alguém no mundo dos vivos. Esse lago havia deixado o Andarilho fazer a transição do mundo dos mortos para o mundo real. O queixo de Kelsier caiu, seguindo Andarilho com os olhos enquanto o homem andava a passos rápidos passando pelos pilares no recinto, então parou do outro lado. Duas pequenas fontes de metal ainda brilhavam intensamente ali para os olhos de Kelsier.

O Andarilho escolheu uma delas. Era pequena, já que ele pôde jogá-la no ar e pegá-la de novo. Kelsier podia sentir o triunfo naquele movimento.

Kelsier fechou os olhos e se concentrou. Sem dor. Sua perna não estava realmente ferida. *Concentre-se.*

Conseguiu fazer com que parte da dor sumisse. Sentou-se no lago, a luz chegando ao seu peito. Ele inspirou e expirou, embora não precisasse de ar.

Droga. A primeira pessoa que ele havia visto em meses dera-lhe uma surra, então roubara algo da câmara do lado de fora. Ele não sabia o que, ou por que, ou mesmo como o Andarilho conseguira passar de um mundo para o seguinte.

Kelsier se arrastou até o centro do lago, baixando até a parte funda. Ele ficou de pé, sua perna ainda doendo vagamente, e estendeu as mãos para os lados. Ele se concentrou, tentando...

Fazer o quê? A transição? O que aquilo poderia fazer com ele?

Ele não se importava. Estava frustrado e humilhado. Precisava provar a si mesmo que não era incapaz.

Ele falhou. Nenhuma quantidade de concentração, visualização ou esforço muscular fez com que conseguisse fazer o que o Andarilho fizera. Ele saiu do lago, exausto e derrotado, e se acomodou na beira.

Ele não notou Fumaça ali até o deus falar.

— O que você estava *fazendo*?

Kelsier se virou. Fumaça vinha fazendo visitas ocasionais nos últimos dias, mas quando aparecia, sempre era sem aviso. Quando falava, costumava só esbravejar como um louco.

— Havia alguém agora há pouco — informou Kelsier. — Um homem de cabelos brancos. De algum modo ele usou esse Poço para passar do mundo dos mortos para o mundo dos vivos.

— Entendo — disse Fumaça em voz baixa. — Ele ousou fazer isso, não foi? Perigoso, com Ruína se esforçando para se soltar dos seus grilhões. Mas se alguém fosse tentar algo tão imprudente, teria de ser Cephandrius.

— Ele roubou alguma coisa, eu acho — disse Kelsier. — Do outro lado da sala. Um pedaço de metal.

— Aaah... — murmurou Fumaça. — Eu havia pensado que quando ele rejeitou o resto de nós, deixaria de interferir. Eu devia saber que não dá para confiar em uma fala implícita da parte dele. Metade do tempo não dá para confiar nem nas suas promessas explícitas...

— Quem é ele? — perguntou Kelsier.

— Um velho amigo. E não, antes que você pergunte, você não pode imitá-lo e fazer a transição entre Reinos. Seus laços com o Reino Físico foram cortados. Você é uma pipa sem linha a ligá-la ao chão. Não pode nem mesmo atravessar a perpendicularidade.

Kelsier suspirou.

— Então, por que ele foi capaz de vir até o mundo dos mortos?

— Não é o mundo dos mortos. É o mundo da mente. Homens... todas as coisas, na verdade... são como um raio de luz. O chão é o Reino Físico, onde aquela luz se acumula. O sol é o Reino Espiritual, onde ela começa. Esse reino, o Reino Cognitivo, é o espaço intermediário onde o raio de luz se estende.

A metáfora mal fazia sentido para ele. *Todos eles sabem tanto,* pensou Kelsier, *e eu sei tão pouco.*

Ainda assim, pelo menos Fumaça estava soando melhor hoje. Kelsier sorriu para o deus, então gelou quando Fumaça virou a cabeça.

Fumaça havia perdido metade do rosto. Todo o lado esquerdo simplesmente se fora. Não estava ferido, e não havia esqueleto. A metade inteira fumegava, deixando rastros de bruma. Metade dos lábios permanecia, e ele sorriu de volta para Kelsier, como se não houvesse nada de errado.

— Ele roubou um pedaço da minha essência, destilada e pura — explicou. — Ela pode Investir um humano, concedendo-lhe Alomancia.

— Seu... rosto, Fumaça...

— Ati quer acabar comigo — comentou Fumaça. — De fato, sua faca foi posicionada há muito tempo. Eu já estou morto. — Ele sorriu de novo, numa expressão horrenda, então desapareceu.

Sentindo-se esgotado, Kelsier se encolheu junto ao lago, deitado sobre as pedras — que na verdade pareciam um pouco com pedras de verdade ao tato, em vez da maciez de todo o resto que era feito de bruma.

Ele detestava essa sensação de ignorância. Todos os outros estavam sabendo de alguma piada grandiosa, e ele era o motivo de riso. Kelsier fitou o teto, banhado pelo brilho do Poço iridescente e sua coluna de luz. Eventualmente, ele chegou a uma decisão silenciosa.

Ele encontraria as respostas.

Nos Fossos de Hathsin, ele havia despertado para o propósito e determinara que iria destruir o Senhor Soberano. Bem, ele despertaria novamente. Levantou-se e foi em direção à luz, fortalecido. O embate desses deuses era importante, aquela coisa no Poço era perigosa. Havia mais nisso tudo do que ele jamais soubera, e por causa disso ele tinha um motivo para viver.

Talvez, mais importante ainda, ele tinha um motivo para permanecer são.

2

KELSIER não estava mais preocupado com a loucura ou com o tédio. Toda vez que se cansava do seu aprisionamento, ele recordava aquele sentimento — aquela *humilhação* — que sofrera nas mãos do Andarilho. Sim, ele estava aprisionado em um espaço de mais ou menos um metro e meio de diâmetro apenas, mas havia *muito* a fazer.

Primeiro ele voltou a estudar a coisa no Além. Forçou-se a se abaixar sob a luz para encará-la e encontrar seu olhar inescrutável — ele o fez até não se encolher mais quando ela voltava sua atenção para ele.

Ruína. Um nome apropriado para aquele vasto senso de erosão, decomposição e destruição.

Ele continuou a seguir os pulsos do Poço. Essas viagens davam a ele pistas misteriosas para os motivos e planos de Ruína. Ele sentia um padrão familiar nas coisas que a criatura mudava — pois Ruína parecia estar fazendo o que o próprio Kelsier fizera: cooptar uma religião. Ruína estava manipulando os corações das pessoas ao mudar suas tradições e livros.

Isso apavorava Kelsier. Seu propósito se expandiu, enquanto ele contemplava o mundo através desses pulsos. Ele não só precisava compreender, precisava combater essa coisa. Essa força horrível que daria cabo de todas as coisas, se pudesse.

Ele lutava, portanto, com um desespero para compreender o que via. Por que Ruína havia transformado as antigas profecias de Terris? O que o

Andarilho — a quem Kelsier identificava em pulsos raríssimos — estava fazendo no Domínio de Terris? Quem era esse misterioso Nascido da Bruma em quem Ruína prestava tanta atenção, e seria ele uma ameaça para Vin?

Quando seguia os pulsos, Kelsier procurava — *ansiava por* — sinais das pessoas que conhecia e amava. Ruína estava extremamente interessado em Vin, e muitos dos seus pulsos estavam centrados em vigiar a ela ou ao homem que ela amava, o tal de Elend Venture.

As pistas que se acumulavam preocupavam Kelsier. Exércitos ao redor de Luthadel. Uma cidade ainda no caos. E — ele detestava confrontar isso — parecia que o garoto Venture era *rei*. Quando Kelsier compreendeu isso, ficou tão zangado que passou dias longe dos pulsos.

Eles haviam colocado um *nobre* no comando.

Sim, Kelsier havia salvado a vida desse homem. Contra sua vontade, resgatara o homem que Vin amava. Por amor a ela, talvez por um estranho senso de dever paternal. O garoto Venture não era *tão* ruim, em comparação com o resto da sua raça. Mas dar o trono a ele? Parecia que até mesmo Dox estava ouvindo Venture. Kelsier teria esperado que Brisa navegasse com qualquer vento no seu caminho, mas Dockson?

Kelsier ficou furioso, mas não podia permanecer assim por muito tempo. Estava sedento por esses vislumbres dos seus amigos. Embora cada um deles fosse apenas um breve lampejo — como uma imagem única de olhos que se abrissem subitamente — Kelsier se agarrava a eles. Eram um lembrete de que do lado de fora da sua prisão, a vida seguia.

Ocasionalmente ele recebia um vislumbre de mais alguém. Seu irmão, Marsh.

Marsh *estava vivo*. Essa foi uma descoberta bem-vinda. Infelizmente, a descoberta estava envenenada, pois Marsh era um Inquisidor.

Os dois nunca tiveram uma relação que poderia ser chamada de familiar. Haviam seguido caminhos divergentes na vida, mas essa não era a verdadeira origem da distância entre eles — tampouco o jeito severo de Marsh em oposição à exuberância de Kelsier, ou a inveja tácita de Marsh das coisas que Kelsier possuía.

Não, a verdade era que eles haviam sido criados sabendo que a qualquer momento poderiam ser arrastados diante dos Inquisidores e assassinados por sua linhagem mista. Cada um havia reagido de modo diferente a uma vida inteira vivida, essencialmente, com um uma sentença de morte: Marsh com tensão silenciosa e cautela, Kelsier com agressiva autoconfiança para ocultar seus segredos.

Ambos haviam conhecido uma verdade única e inescapável. Se um irmão fosse pego, isso significava que o outro seria exposto como sendo de linhagem mista e provavelmente morto também. Talvez essa situação houvesse aproximado outros irmãos. Kelsier sentia vergonha de admitir que para ele e Marsh, isso havia sido um obstáculo. Cada vez que era dito "Fique em segurança" ou "Cuide-se" nas entrelinhas havia um "Não faça besteira ou vai acabar me matando". Foi um grande alívio quando, depois das mortes dos seus pais, os dois haviam concordado em desistir do fingimento e entrar para o submundo de Luthadel.

Ocasionalmente Kelsier se divertia imaginando o que poderia ter sido. Será que ele e Marsh poderiam ter se integrado totalmente, fazendo parte da sociedade nobre? Poderia ele ter vencido seu asco pelos nobres e sua cultura?

De qualquer modo, ele não gostava muito de Marsh. A palavra "gostar" parecia demais com caminhadas no parque ou passar o tempo comendo doces. Gosta-se de um livro favorito. Não, Kelsier não *gostava* de Marsh. Mas, estranhamente, ele ainda assim o amava. Inicialmente, ficou feliz ao saber que o homem estava vivo, mas talvez a morte houvesse sido melhor do que aquilo que fora feito com ele.

Kelsier levou semanas para descobrir o motivo por que Ruína estava tão interessado em Marsh. Ruína podia *conversar* com Marsh. Com ele e outros Inquisidores, a julgar pelos vislumbres e a sensação que Kelsier recebia de palavras sendo enviadas.

Como? Por que Inquisidores? Kelsier não encontrou respostas ao contemplar as visões, embora testemunhasse um evento importante.

A coisa chamada de Ruína estava se tornando mais forte, e perseguia Vin e Elend. Kelsier viu isso claramente em uma viagem através dos pulsos. Uma visão do garoto, Elend Venture, dormindo na sua tenda. O poder de Ruína se condensando, formando uma figura malévola e perigosa. Ela esperou ali até Vin entrar, então tentou apunhalar Elend.

Enquanto Kelsier perdia a pulsação, ficou com a imagem de Vin contendo o golpe e salvando Elend. Mas ficou confuso. Ruína havia esperado ali especificamente até Vin retornar.

Ele não havia realmente desejado ferir Elend. Só queria que Vin o visse tentando.

Por quê?

3

É UMA tampa — afirmou Kelsier.

Fumaça — ou Preservação, como o deus havia dito que podia ser chamado — estava sentado fora da prisão. Ele ainda estava sem metade do rosto, e o resto dele também vazava em pedaços maiores.

Ultimamente o deus passava mais tempo perto do Poço, e Kelsier ficava grato por isso. Ele andara praticando maneiras de extrair informações da criatura.

— Hmmm? — perguntou Preservação.

— Esse Poço — disse Kelsier, gesticulando ao redor dele. — É como uma tampa. Você criou uma prisão para Ruína, mas até mesmo a toca mais sólida precisa ter uma entrada. *Essa* é a entrada, vedada com seu próprio poder para mantê-lo do lado de fora, já que vocês dois são opostos.

— Isso... — disse Preservação, perdendo o fio da meada.

— Isso? — estimulou Kelsier.

— Isso está *totalmente errado*.

Droga, pensou Kelsier. Ele havia passado semanas desenvolvendo aquela teoria.

Estava começando a sentir uma urgência. Os pulsos do Poço se tornavam cada vez mais exigentes, e Ruína parecia estar se tornando cada vez mais ávido no seu toque sobre o mundo. Recentemente a luz do Poço havia começado a agir de modo diferente, condensando-se de algum modo, acumulando-se. Algo estava acontecendo.

— Nós somos deuses, Kelsier — disse Preservação com uma voz que foi sumindo, então se tornou mais alta, então foi sumindo de novo. — Nós permeamos todas as coisas. Eu sou as rochas. Eu sou as pessoas. E ele também. Todas as coisas persistem, mas se decompõem. Ruína... e Preservação...

— Você me disse que esse era o seu poder — disse Kelsier, gesticulando de novo para o Poço, tentando fazer com que o deus voltasse ao assunto. — Que ele se reúne aqui.

— Sim, e em outros lugares — concordou Preservação. — Mas aqui, sim. Como o orvalho se acumula, meu poder se reúne nesse ponto. É natural. Um ciclo: nuvens, chuva, rio, umidade. Você não pode pressionar tanta essência em um sistema sem que ele se coagule aqui e ali.

Que ótimo. Isso não lhe dizia nada. Ele insistiu no assunto, mas Fumaça ficou calado, então tentou outra coisa. Ele precisava que Preservação continuasse falando — para impedir que o deus caísse em um dos seus estupores silenciosos.

— Você está com medo? — perguntou Kelsier. — Se Ruína se soltar, você tem medo que ele o mate?

— Há — retrucou Preservação. — Eu já disse. Ele me matou há muito, muito tempo.

— Acho difícil acreditar nisso.

— Por quê?

— Porque estou aqui sentado falando com você.

— E eu estou falando com *você*. Quão vivo você está?

Um bom argumento.

— A morte para alguém como eu não é como a morte para alguém como você — explicou Preservação, novamente com o olhar distante. — Fui morto há muito tempo, quando tomei a decisão de quebrar nossa promessa. Mas esse poder que possuo... ele *persiste* e *se lembra*. Ele mesmo quer estar vivo. Eu morri, mas parte de mim permanece. O suficiente para saber que... *havia* planos...

Não adiantou tentar fazer com que ele revelasse esses planos. Não se lembrava de seja lá qual fosse o "plano" que havia bolado.

— Bom, não é uma tampa — disse Kelsier. — O que é, então?

Preservação não respondeu. Ele nem pareceu ouvir.

— Você me disse uma vez — continuou Kelsier, falando mais alto — que o poder existe para ser usado. Que ele *precisa* ser usado. Por quê?

Novamente não houve resposta. Ele teria que tentar uma tática diferente.

— Eu olhei de novo para ele. O seu oposto.

Preservação se empertigou, voltando seu olhar assombrado e meio acabado para Kelsier. Mencionar Ruína frequentemente o chocava a ponto de tirá-lo do seu estupor.

— Ele é perigoso — advertiu Preservação. — Fique longe dele. Meu poder protege você. Não o provoque.

— Por quê? Ele está trancado.

— Nada é eterno, nem mesmo o próprio tempo — disse Preservação. — Eu mais o *atrasei* do que tranquei.

— E o poder?

— Sim... — disse Preservação, balançando a cabeça.

— Sim, o quê?

— Sim, ele vai usá-lo. Entendo. — Preservação teve um sobressalto, como se houvesse entendido, ou talvez apenas recordado, algo importante. — Meu poder criou a prisão dele. Meu poder pode destrancá-la. Mas como ele poderia encontrar alguém para fazê-lo? Quem possuiria os poderes da criação, para então *abdicar deles*...

— O que... Nós não queremos que eles façam isso — disse Kelsier.

— Não. Isso vai libertá-lo!

— E da última vez? — indagou Kelsier.

— Da última vez... — Preservação piscou, e pareceu voltar a ser um pouco mais ele mesmo. — Sim, da última vez. O Senhor Soberano. Eu fiz isso funcionar da última vez. Eu a coloquei no lugar para fazer isso, mas posso ouvir os pensamentos dela... Ele andou trabalhando nela... Está tudo misturado...

— Fumaça? — chamou Kelsier, inseguro.

— Eu devo detê-la. Alguém... — Seus olhos saíram de foco.

— O que está fazendo?

— Silêncio — ordenou Fumaça, sua voz subitamente mais autoritária. — Estou tentando deter isso.

Kelsier olhou ao redor, mas não havia mais ninguém ali.

— Quem?

— Não pense que o eu que você vê aqui é o único eu — disse Fumaça. — Eu estou em toda parte.

— Mas...

— Silêncio!

Kelsier se calou, em parte porque estava feliz em ver tamanha força do deus depois de tanto tempo de imobilidade. Depois de algum tempo, contudo, ele se encolheu, desanimado.

— Não adianta — Fumaça balbuciou. — As ferramentas dele são mais fortes.

— Então... — disse Kelsier, testando para ver se seria calado novamente. — Da última vez. Rashek usou o poder, em vez de... o quê? Desistir dele?

Fumaça assentiu.

— Alendi teria feito a coisa certa, como ele a percebia. Teria abdicado do poder, mas isso teria libertado Ruína. "Abdicar do poder" é o mesmo que entregar o poder para ele. Os poderes interpretariam isso como se eu o estivesse libertando. Meu poder, aceitando seu toque de volta no mundo, diretamente.

— Que ótimo — disse Kelsier. — Precisamos de um sacrifício, então. Alguém para assumir os poderes da eternidade, e então usá-los para o que quer que ele queira em vez de desistir deles. Bem, esse é um sacrifício para o qual *eu* sou perfeito. Como faço isso?

Preservação o fitou. A força que a criatura tivera mais cedo não estava mais ali. Ele estava sumindo, perdendo seus atributos humanos. Ele não piscava mais, por exemplo, e não fingia respirar antes de falar. Ele podia ficar totalmente imóvel, sem vida como um poste de ferro.

— Você — disse Preservação finalmente. — Usando *meu* poder. *Você.*

— Você deixou o Senhor Soberano fazer isso.

— Ele tentou salvar o mundo.

— Assim como eu.

— Você tentou resgatar um barco cheio de gente de um incêndio afundando o barco, e então alegando "pelo menos eles não queimaram até a morte". — Deus hesitou. — Você vai me golpear de novo, não vai?

— Não posso alcançá-lo, Fumaça — disse Kelsier. — O poder. *Como posso usá-lo?*

— Você não pode — replicou Preservação. — Aquele poder faz parte da prisão. Foi isso que você fez ao misturar sua alma com o Poço, Kelsier.

Você não seria capaz de usá-lo, de qualquer modo. Não está Conectado o suficiente comigo.

Kelsier se acomodou para refletir, mas antes que tivesse tempo de fazer algo, notou algo estranho. Havia *figuras* na câmara do lado de fora? Sim, havia. Pessoas vivas, marcadas por almas brilhantes. Mais Inquisidores que vieram deixar um cadáver? Ele não os via há muito tempo.

Duas pessoas entraram sorrateiramente no corredor e se aproximaram do Poço, passando por fileiras de pilares que apareciam como bruma ilusória para Kelsier.

— Eles estão aqui — disse Preservação.

— Quem? — perguntou Kelsier, apertando os olhos. Era difícil ver os detalhes dos rostos, com essas almas brilhando. — Essa é a...

Era Vin.

— O quê? — disse Preservação, olhando para Kelsier, notando o seu choque. — Você pensou que eu estava esperando aqui à toa? Vai acontecer hoje. O Poço da Ascensão está cheio. A hora chegou.

A outra figura era o garoto, Elend Venture. Kelsier se surpreendeu ao perceber que não estava zangado com aquela visão. Sim, seu bando não devia ter colocado um nobre no comando, mas não era realmente culpa de Elend. Ele sempre fora distraído demais para ser perigoso.

Além disso, fossem quais fossem os defeitos da sua paternidade, o garoto Venture havia ficado com Vin.

Kelsier cruzou os braços, vendo Venture se ajoelhar ao lado do lago.

— Se ele o tocar, vou lhe dar um tapa.

— Ele não vai — disse Preservação. — É para ela. Ele sabe. Eu a estive preparando. Eu tentei, pelo menos.

Vin se virou, e parecia estar olhando para Deus. Sim, ela *podia* vê-lo. Haveria uma maneira de Kelsier usar isso?

— Você tentou? — perguntou Kelsier. — Você explicou o que ela precisa fazer? O seu oposto a tem vigiado, interagido com ela. Eu o *vi* fazendo isso. Ele tentou matar Elend.

— Não — respondeu Fumaça, perturbado. — Ele estava me imitando. Ele parecia como eu pareço, para eles, e tentou matar o garoto. Não porque ele se importe com uma morte, mas porque queria que ela desconfiasse de mim. Que achasse que sou o inimigo dela. Mas ela não pode ver a diferença? Entre seu ódio e destruição, e minha paz. Eu não posso matar. Eu nunca fui capaz de matar...

— Fale com ela! — disse Kelsier. — Diga-lhe o que ela precisa fazer, Fumaça!

— Eu... — Preservação sacudiu a cabeça. — Eu não posso chegar até ela, não posso falar com ela. Posso ouvir a mente dela, Kelsier. As mentiras dele estão lá. Ela não confia em mim. Acha que precisa desistir do poder. Tentei impedir isso. Deixei pistas para ela, então tentei que alguém mais a detivesse. Mas... eu... eu falhei...

Ah, inferno, pensou Kelsier. *Preciso de um plano. Rápido.*

Vin ia desistir do poder. Soltar a coisa. Mesmo sem as afirmações de Preservação, Kelsier saberia o que Vin faria. Ela era uma pessoa melhor do que ele jamais fora, e ela *nunca* pensara que merecia as recompensas que havia recebido. Ela tomaria esse poder, e deduziria que precisava abdicar dele pelo bem maior.

Mas como mudar isso? Se Preservação não podia falar com ela, então como?

Elend se levantou e se aproximou de Preservação. Sim, o garoto podia ver Preservação também.

— Ela precisa de motivação — disse Kelsier, uma ideia se formando na sua mente. Ruína havia tentado apunhalar Elend, para assustá-la.

Era a ideia certa. Ele só não havia ido longe o bastante.

— Apunhale-o — disse Kelsier.

— O quê? — indagou Preservação, horrorizado.

Kelsier forçou os limites da sua prisão alguns passos, aproximando-se de Fumaça, que estava junto da borda. Ele se esforçou até chegar aos limites absolutos desses grilhões.

— Apunhale-o — repetiu. — Use aquela faca no seu cinto, Fumaça. Eles podem vê-lo, e você pode afetar o mundo deles. *Apunhale Elend Venture.* Dê a ela uma razão para usar o poder. Ela vai querer salvá-lo.

— Eu sou *Preservação* — disse ele. — A faca... Eu não a desembainhei em milênios. Você fala em agir como ele, como ele fingiu que eu agiria! É horrível!

— Você precisa! — insistiu Kelsier.

— Eu não posso... Eu... — Fumaça levou a mão ao cinto, e sua mão tremeluziu. A faca apareceu ali. Ele olhou para ela, a lâmina refulgindo. — Velha amiga... — sussurrou para ela.

Ele olhou para Elend, que havia meneado a cabeça. Preservação levantou o braço, com a arma na mão.

Então parou.

Seu meio rosto era uma máscara de dor.

— Não... — sussurrou ele. — Eu Preservo...

Ele não vai fazer isso, pensou Kelsier, vendo Elend conversar com Vin, com uma postura tranquilizadora. *Ele não consegue.*

Só havia uma opção.

— Desculpe, garoto — disse Kelsier.

Kelsier agarrou o braço bruxuleante de Preservação e *cortou* a barriga do garoto Venture.

Ele se sentiu como se estivesse apunhalando a própria carne. Não por causa de Venture, mas porque sabia o que isso faria com Vin. Seu coração apertou enquanto ela corria para o lado de Venture, chorando.

Bem, ele já havia salvado a vida desse garoto antes, então isso os deixaria quites. Além disso, ela o salvaria. Ela *tinha* que salvar Elend. Ela o amava.

Kelsier deu um passo para trás, voltando à sua prisão propriamente dita, deixando Preservação fitar, horrorizado, a própria mão enquanto cambaleava para longe do homem caído.

— Ferida nas tripas — sussurrou Kelsier. — Ele vai demorar a morrer, Vin. Agarre o poder. Ele está *bem ali.* Use-o.

Ela segurou Venture nos braços. Kelsier esperou, ansioso. Se entrasse no lago, ela seria capaz de ver Kelsier, não seria? Ela se tornaria transcendente, como Preservação. Ou ela teria que usar o poder primeiro?

Isso libertaria Kelsier? Ele não tinha respostas, só uma certeza de que, fosse lá o que acontecesse, não podia deixar aquela coisa do Além escapar. Ele se virou.

E ficou chocado ao descobrir que Ruína estava *lá.* Ele podia senti-lo, pressionando contra a realidade desse mundo, uma escuridão infinita. Não só a imitação frágil de Preservação que formara anteriormente, mas todo seu vasto poder. Não estava em um espaço específico, mas ao mesmo tempo estava pressionado contra a realidade e assistindo com grande interesse.

Para o seu horror, Kelsier o viu mudar, lançando espinhos como as pernas finas de uma aranha. Na ponta deles, pendurada como uma marionete, havia uma figura humanoide.

Vin... ele sussurrou. *Vin...*

Ela olhou para o lago, seu corpo expressando uma profunda tristeza. Então ela deixou Venture e adentrou o Poço, passando por Kelsier sem vê-lo e alcançando o ponto mais profundo. Ela afundou lentamente na luz. No último momento, arrancou algo brilhante da sua orelha e jogou longe — um pedaço de metal. O brinco dela?

Quando ela afundou completamente, não apareceu naquele lado. Em vez disso, uma tempestade começou. Uma coluna de luz emergente cercou Kelsier, impedindo que ele visse qualquer coisa a não ser a *energia* bruta. Como uma súbita maré, uma explosão, uma aurora instantânea. A criatura estava por toda parte ao redor dele, ativa, *excitada*.

Você não deve fazer isso, menina, Ruína disse por meio do seu fantoche de aparência humana. Como ele podia falar com uma voz tão tranquilizadora? Ele podia ver a força por trás dela, a destruição, mas o rosto que ele usara era tão gentil. *Você sabe o que deve fazer.*

— Não acredite nele, Vin! — gritou Kelsier, mas sua voz se perdeu no rugido do poder.

Ele berrou e protestou enquanto a voz enganava Vin, alertando-a de que, se ela tomasse o poder para si, destruiria o mundo. Kelsier lutou através da luz, tentando encontrá-la, agarrá-la e explicar.

Ele falhou. Ele falhou *horrivelmente*. Ele não conseguia se fazer ouvir, não conseguia tocar Vin. Não conseguia fazer nada. Até mesmo seu plano improvisado de apunhalar Elend se revelara uma tolice, pois ela havia liberado o poder. Chorando, arrasada, despedaçada, ela fez a coisa mais altruísta que ele já vira.

E ao fazê-lo, ela os condenou.

O poder se tornou uma arma quando ela o liberou. Ele formou uma lança no ar e rasgou um buraco através da realidade até o lugar onde Ruína aguardava.

Ruína correu através daquele buraco rumo à liberdade.

4

KELSIER estava sentado na borda do agora vazio Poço da Ascensão. A luz sumira, e com ela a sua prisão. Ele podia partir.

Ele não parecia estar se esticando para longe e desaparecendo. Aparentemente, ser parte do poder de Preservação por algum tempo havia expandido a alma de Kelsier, permitindo que ele permanecesse. Muito embora, para ser honesto, ele desejasse poder desaparecer naquele momento.

Vin — brilhando e radiante aos seus olhos — jazia ao lado de Elend Venture, abraçando-o e chorando enquanto a alma dele pulsava, tornando-se mais fraca. Kelsier se levantou, dando as costas para a visão. Com toda sua astúcia, ele havia partido o coração da pobre menina.

Eu devo ser o idiota mais esperto por aqui, pensou.

— Ia acontecer — disse Preservação. — Eu pensei... Talvez...

Pelo canto do olho, Kelsier viu Fumaça se aproximar de Vin, então olhar para o moribundo Venture.

— Posso Preservá-lo — sussurrou Preservação.

Kelsier girou. Preservação começou a acenar para Vin, e ela se levantou desajeitadamente. Ela seguiu o deus alguns passos até algo que Elend havia deixado cair, uma pepita caída de metal. De onde viera aquilo?

O garoto Venture estava carregando isso quando entrou, pensou Kelsier. Era o último pedaço de metal do outro lado da sala, o gêmeo daquele que o Andarilho havia roubado. Kelsier se aproximou enquanto Vin pegava a pepita de metal, tão minúscula, se aproximou de Elend e a colocou na boca dele. Então fez com que ele bebesse um frasco com metais alomânticos.

Alma e metal se tornaram uma coisa só. A luz de Elend se fortaleceu, brilhando de modo vibrante. Kelsier fechou os olhos, com uma sensação viva de paz.

— Bom trabalho, Fumaça — elogiou Kelsier, abrindo os olhos e sorrindo para Preservação enquanto o deus se movia em sua direção. A postura de Vin manifestava uma incrível alegria. — Estou quase disposto a achar que você é um deus benevolente.

— Apunhalá-lo foi perigoso, doloroso — disse Preservação. — Não posso aprovar tamanha imprudência. Mas talvez fosse a coisa certa, independentemente de como me senti.

— Ruína está livre — disse Kelsier, olhando para cima. — Aquela coisa escapou.

— Sim. Felizmente, antes de eu morrer, coloquei um plano em ação. Não me lembro dele, mas tenho certeza de que era brilhante.

— Sabe, eu já disse coisas parecidas ocasionalmente, depois de uma noite de bebedeira. — Kelsier esfregou o queixo. — Também estou livre.

— Sim.

— Agora é o momento em que você faz a piada de que não sabe qual dos dois foi mais perigoso de soltar. Eu ou o outro sujeito.

— Não — contestou Fumaça. — Eu sei quem é o mais perigoso.

— Perdeu pontos por falta de esforço agora, receio.

— Mas talvez... — disse Preservação. — Talvez não possa dizer qual é o mais *irritante*. — Ele sorriu.

Com metade do seu rosto derretido e seu pescoço começando a se desfazer, era algo perturbador. Como um latido feliz de um cachorrinho aleijado.

Kelsier deu um tapa no ombro dele.

— Ainda vamos fazer de você um ótimo membro da gangue, Fumaça. Por enquanto, quero dar o *fora* desse lugar.

PARTE TRÊS
ESPÍRITO

1

KELSIER realmente queria beber alguma coisa. Não era isso que se fazia quando saía da cadeia? Ia beber, aproveitar sua liberdade entregando-a a um pouco de birita e uma terrível dor de cabeça? Quando vivo, ele geralmente evitava tais leviandades. Ele gostava de controlar uma situação, e não deixar que ela o controlasse — mas não podia negar que estava com sede de alguma coisa para beber, para entorpecer a experiência pela qual acabara de passar.

Isso parecia terrivelmente injusto. Sem corpo, mas ainda assim podia sentir sede?

Ele subiu pelas cavernas que cercavam o Poço da Ascensão, passando por câmaras e túneis nebulosos. Como antes, quando ele tocava alguma coisa podia ver como ela era no mundo real.

Seus pés estavam firmes no chão inconstante; embora fosse um tanto elástico, como pano, ele sustentava seu peso a menos que Kelsier pisasse com força — o que faria com que seu pé afundasse nele como em lama espessa. Ele podia até atravessar as paredes se tentasse, mas era mais difícil do que havia sido durante sua corrida inicial, quando estava morrendo.

Ele emergiu das cavernas até o porão de Kredik Shaw, o palácio do Senhor Soberano. Foi até mais fácil do que o usual se mover naquele lugar, já que tudo era nebuloso aos seus olhos. Ele tocou as coisas de bruma por onde passava, para poder visualizar melhor seus arredores. Um vaso, um tapete, uma porta.

Kelsier eventualmente saiu para as ruas de Luthadel como um homem livre — ainda que morto. Por algum tempo só caminhou pela cidade, tão aliviado por ter escapado daquele buraco que foi capaz de ignorar o medo que sentia com a fuga de Ruína.

Ele deve ter perambulado um dia inteiro daquela maneira, sentando-se nos telhados, passando pelas fontes. Olhando essa cidade pontilhada com pedaços brilhantes de metal, como luzes flutuando nas brumas da noite. Ele acabou no topo da muralha da cidade, observando os koloss que haviam montado um acampamento fora dos limites da cidade, mas, de algum modo, não pareciam estar matando ninguém.

Precisava ver se havia uma maneira de entrar em contato com seus amigos. Infelizmente, sem os pulsos — que haviam parado quando Ruína escapou — para guiá-lo, não sabia por onde começar a procurar. Ele perdera o rastro de Vin e Elend na sua empolgação ao deixar as cavernas, mas se lembrava do que havia visto através dos pulsos. Isso deu a ele alguns lugares para procurar.

Ele eventualmente encontrou sua equipe na Fortaleza Venture. Era o dia depois do desastre no Poço da Ascensão, e eles pareciam estar realizando um funeral. Kelsier andou pelo pátio, passando entre as almas brilhantes de homens, cada uma delas queimando como um holofote. Aqueles em que ele encostava davam-lhe uma impressão da sua aparência. Reconheceu muitos deles: skaas com quem havia interagido, que havia animado durante seus meses finais de vida. Outros eram estranhos. Um número perturbador deles era de soldados que outrora haviam servido o Senhor Soberano.

Ele encontrou Vin na frente, sentada nos degraus da Fortaleza Venture, encolhida e cabisbaixa. Elend não estava ali, embora Ham estivesse próximo, de braços cruzados. No pátio, alguém estava acenando as mãos diante de um grupo, fazendo um discurso. Era Demoux? Conduzindo as pessoas no funeral? Certamente havia cadáveres no pátio, agora sem almas brilhantes. Ele não podia ouvir o que Demoux estava dizendo, mas a apresentação parecia clara.

Kelsier se acomodou nos degrau ao lado de Vin. Ele juntou as mãos diante de si.

— Então... correu bem.

Vin, naturalmente, não respondeu.

— Quero dizer — continuou Kelsier —, sim, nós acabamos libertando uma força apocalíptica de destruição e caos, mas pelo menos o Senhor Soberano está morto. Missão cumprida. Além disso você ainda tem seu namorado nobre, então tem esse lado bom. Não se preocupe com a cicatriz na barriga dele; vai fazer com que pareça mais durão. As brumas sabem que esse rato de biblioteca precisa se fortalecer.

Ela não se mexeu, mas manteve sua postura encolhida. Ele pousou o braço nos ombros dela e teve um vislumbre dela no mundo real. Cheia de cor e vida, mas de algum modo... desbotada. Vin parecia muito mais velha agora, não mais a garota que ele encontrara enganando obrigadores nas ruas.

Ele se inclinou ao lado dela.

— Vou vencer essa coisa, Vin. Eu *vou* cuidar disso.

— E como — disse Preservação do pátio aos pés dos degraus — você pretende conseguir *isso*?

Kelsier olhou para cima. Embora estivesse preparado para ver Preservação, ainda fez uma careta ao enxergá-lo como estava — mal parecia humano agora, era mais um bando de fios entrelaçados de fumaça esfiapada e dissolvida, dando a vaga impressão de uma cabeça, braços e pernas.

— Ele está livre — disse Preservação. — É isso. O tempo acabou. Hora de cumprir o contrato. Ele vai tomar o que foi prometido.

— Nós vamos detê-lo.

— Detê-lo? Ele é a força da entropia, uma constante universal. Assim como você não pode parar o tempo, não pode *deter* aquilo.

Kelsier se levantou, deixando Vin e descendo os degraus até Preservação. Ele desejava poder ouvir o que Demoux estava dizendo para aquela pequena multidão de almas brilhantes.

— Se ele não pode ser detido — disse Kelsier —, então vamos atrasá-lo. Você já fez isso antes, certo? Seu grande plano?

— Eu... — disse Preservação. — Sim... Havia um plano...

— Estou livre agora. Posso ajudar você a colocá-lo em ação.

— Livre? — Preservação riu. — Não, você apenas entrou em uma prisão maior. Amarrado a esse Reino, preso nele. Não há nada que você possa fazer. Nada que eu possa fazer.

— Isso...

— Ele está nos vigiando, sabe — disse Preservação, olhando para o céu.

Kelsier seguiu o olhar dele com relutância. O céu — nebuloso e agitado — parecia tão distante. Era como se ele houvesse recuado do planeta, como pessoas em uma multidão se afastando de um cadáver. Naquela vastidão, Kelsier viu algo escuro, agitando-se e se contorcendo sobre si mesmo. Mais sólido do que a bruma, como um oceano de serpentes, obscurecendo o sol minúsculo.

Ele conhecia aquela vastidão. Ruína estava mesmo assistindo.

— Ele acha que você é insignificante — comentou Preservação. — Acho que ele o considera divertido. A alma de Ati que ainda está em algum lugar lá dentro riria disso.

— Ele tem uma alma?

Preservação não respondeu. Kelsier foi até ele, passando por cadáveres feitos de brumas no chão.

— Se ele está vivo — disse Kelsier —, então ele pode ser morto. Não importa quão poderoso. — *Você é prova disso, Fumaça. Ele está matando você.*

Preservação deu uma gargalhada, um som ríspido como um latido.

— Você continua esquecendo qual de nós dois é um deus e qual é apenas uma pobre sombra morta. Aguardando para expirar. — Ele acenou com um braço quase desfeito, dedos compostos de espirais de cordas desfiadas e nebulosas. — Escute-os. Você não tem vergonha de como eles falam? O Sobrevivente? Há! Eu os Preservei por milênios. O que *você* fez por eles?

Kelsier se virou para Demoux. Preservação parecia ter esquecido que Kelsier não conseguia ouvir o discurso. Pretendendo tocar Demoux, para ver como ele se parecia agora, Kelsier roçou em um dos cadáveres no chão.

Um jovem. Um soldado, aparentemente. Ele não conhecia o rapaz, mas começou a se preocupar. Olhou de volta para onde Ham estava — aquela figura perto dele devia ser Brisa.

E os outros?

Ele sentiu frio, então começou a tocar nos cadáveres, procurando alguém que reconhecesse. Seus movimentos se tornaram mais frenéticos.

— O que você está procurando? — Preservação quis saber.

— Quantos... — Kelsier engoliu em seco. — Quantos desses eram amigos meus?

— Alguns — disse Preservação.

— Algum membro do bando?

— Não — disse Preservação, e Kelsier deixou escapar um suspiro. — Não, eles morreram durante a invasão inicial, dias atrás. Dockson. Trevo.

Uma lança de gelo atravessou Kelsier. Ele tentou se levantar do lado do cadáver que estivera inspecionando, mas tropeçou, tentando forçar as palavras para fora.

— Não. Dox, não.

Preservação assentiu.

— O quê... Quando isso aconteceu? Como?

Preservação deu uma gargalhada. O som da loucura. Ele parecia pouco aquele homem gentil e inseguro que havia saudado Kelsier na primeira vez que havia adentrado esse lugar.

— Ambos foram assassinados pelos koloss quando o cerco foi rompido. Seus corpos foram queimados dias atrás, Kelsier, enquanto você estava aprisionado.

Kelsier tremeu, sentindo-se perdido.

— Eu... — disse Kelsier.

Dox. Eu não estava lá para ele. Eu poderia tê-lo visto de novo, enquanto ele fazia a passagem. Falado com ele. Talvez pudesse salvá-lo?

— Ele amaldiçoou você enquanto morria, Kelsier — disse Preservação, com uma voz ríspida. — Ele culpou você por tudo isso.

Kelsier baixou a cabeça. Outro amigo perdido. E Trevo também... dois bons homens. Ele havia perdido muitos desses na vida, maldição. Muitos mesmo.

Eu sinto muito, Dox, Trevo. Sinto muito por falhar com vocês.

Kelsier pegou aquela raiva, aquela amargura e vergonha, e a canalizou. Havia encontrado de novo um propósito durante seus dias na prisão. Ele não o perderia novamente.

Ele se virou e se voltou para Preservação. O deus — de modo chocante — se encolheu como se estivesse *assustado*. Kelsier agarrou a forma do deus, e por um breve momento recebeu uma visão da grandiosidade além. A luz penetrante de Preservação que permeava todas as coisas. O mundo, as brumas, os metais, as próprias almas dos homens. Essa criatura estava, de algum modo, morrendo, mas seu poder estava longe de desaparecer.

Ele também sentiu o sofrimento de Preservação. Era a perda que Kelsier havia sentido com a morte de Dox, só que ampliada milhares de vezes. Preservação sentia cada luz que se extinguia, as sentia e as conhecia como uma pessoa que havia amado.

Ao redor do mundo, pessoas estavam morrendo em um ritmo acelerado. Cinzas demais estavam caindo, e Preservação só antecipava que isso ia aumentar. Exércitos de koloss atacando fora de controle. Morte, destruição, um mundo morimbundo.

E... ao sul... o que era *aquilo*? Pessoas?

Kelsier segurou Preservação, espantado com a agonia divina dessa criatura. Então o puxou para perto, em um abraço.

— Eu sinto muito — sussurrou Kelsier.

— Ah, Senna... — sussurrou Preservação. — Estou perdendo esse lugar. Estou perdendo todos eles...

— Nós vamos detê-lo — disse Kelsier, se afastando.

— Ele não pode ser detido. O acordo...

— Acordos podem ser quebrados.

— Não esse tipo de acordo, Kelsier. Fui capaz de enganar Ruína antes, de trancá-lo, enganando-o com nosso acordo. Mas não foi uma quebra de contrato, foi mais como deixar uma brecha no acordo para ser explorada. Dessa vez não há brechas.

— Então vamos até o fim chutando e gritando — replicou Kelsier. — Você e eu, somos uma equipe.

Preservação pareceu se *condensar*, sua forma se moldando novamente, fios voltando a se entrelaçar.

— Uma equipe. Sim. Um bando.

— Para fazer o impossível.

— Desafiar a realidade — sussurrou Preservação. — Todo mundo sempre disse que você era louco.

— E sempre reconheci que eles tinham alguma razão — replicou Kelsier. — O negócio é que eles estavam corretos em questionar minha sanidade, mas nunca tiveram o raciocínio certo. Não era com a minha ambição que deviam ter se preocupado.

— O que, então?

Kelsier sorriu.

Preservação, por sua vez, deu uma gargalhada — um som que havia perdido sua agressividade, a rispidez se fora.

— Não posso ajudá-lo a fazer... seja lá o que acha que está fazendo. Não diretamente. Eu não... penso bem o bastante agora. Mas...

— Mas?

Preservação se solidificou um pouco mais.

— Mas sei onde você pode encontrar alguém que pode.

2

KELSIER seguiu um fio de Preservação, como uma gavinha brilhante de bruma, através da cidade. Certificou-se de olhar para cima de tempos em tempos, confrontando aquela força no céu, que havia fervido através das brumas ali e estava vindo para dominar em todas as direções.

Kelsier não recuaria. Não deixaria essa coisa intimidá-lo novamente. Ele já havia matado um deus. O segundo assassinato era sempre mais fácil do que o primeiro.

A gavinha de Preservação o conduziu por prédios sombrios, através de uma favela que de algum modo parecia ainda mais deprimente daquele lado — tudo amontoado, as almas dos homens embaladas em caroços assustados. Seu bando havia salvado essa cidade, mas muitas das pessoas por quem Kelsier passou não pareciam saber disso ainda.

Eventualmente, a gavinha o conduziu para fora dos portões quebrados da cidade ao norte, além dos destroços e dos cadáveres sendo lentamente ordenados. Além dos exércitos vivos e aquele apavorante exército de koloss, para fora da cidade e por uma curta caminhada até... o lago?

Luthadel fora construída a uma curta distância do lago que tinha seu nome, embora a maioria da população da cidade estivesse determinada a ignorar o fato. O Lago Luthadel não era bom para nadar ou praticar esportes, a menos que gostasse de se banhar em um caldo com consistência de sopa que era mais cinzas do que água — e boa sorte para tentar pegar os poucos peixes que restassem depois de séculos vivendo junto de uma cidade cheia de skaas passando fome. Tão perto das Montanhas de Cinzas, manter o rio e o lago navegáveis havia exigido a atenção constante de toda uma classe de pessoas, os trabalhadores dos canais, uma estranha linhagem de skaas que raramente se misturava com os moradores da cidade.

Eles teriam ficado horrorizados ao saber que aqui deste lado, o lago — e, na verdade, o próprio rio também — estava invertido de algum modo. Ao contrário do modo como as brumas aos seus pés tinham uma sensação líquida, o lago se erguia como um banco sólido, só uns poucos centímetros mais alto e de algum modo mais substancial do que o chão onde ele se acostumara a caminhar.

De fato, o lago era sólido como uma ilha baixa se erguendo do mar de brumas. O que era sólido e o que era fluido pareciam, de algum modo, invertidos nesse lugar. Kelsier andou até a borda da ilha, a fita da essência de Preservação se curvando além dele e o conduzindo para a ilha, como um grande fio mítico mostrando o caminho para casa do grande labirinto de Ishathon.

Kelsier enfiou as mãos nos bolsos das calças e chutou o chão da ilha. Era algum tipo de pedra escura e fumegante.

— O que foi? — sussurrou Preservação.

Kelsier deu um pulo, então olhou para a linha de luz.

— Você... está aí, Fumaça?

— Estou em toda parte — respondeu Preservação, sua voz baixa e frágil. Ele parecia exausto. — Por que você parou?

— Isso aqui é diferente.

— Sim, se condensa aqui — disse Preservação. — Tem a ver com a maneira como os homens pensam, e onde é provável que eles passem. Tem algo a ver com isso, pelo menos.

— Mas o que é isso? — perguntou Kelsier, subindo na ilha.

Preservação não disse mais nada, e assim Kelsier continuou rumo ao centro da ilha. O que quer que houvesse se "condensado" ali, era muito parecido com uma rocha. E coisas cresciam sobre ela. Kelsier passou por plantas arbustivas brotando do chão duro — não eram plantas nebulosas e rudimentares, mas plantas reais cheias de cor. Elas tinham largas folhas marrons que — curiosamente — pareciam emanar algo como *bruma*. Nenhuma das plantas passava da altura dos seus joelhos, mas havia muito mais delas do que esperava encontrar ali.

Enquanto passava por um campo dessas plantas, achou ter visto algo correndo entre elas, movimentando as folhas na sua passagem.

O mundo dos mortos tem plantas e animais? perguntou-se. Mas não era assim que Preservação o chamara. O Reino Cognitivo. Como essas plantas cresciam aqui? O que as irrigava?

Quanto mais ele penetrava aquela ilha, mais escura ela se tornava. Ruína estava cobrindo aquele sol minúsculo, e Kelsier começou a sentir falta até daquele brilho tênue que havia permeado as brumas fantasmas na cidade. Logo ele estava viajando no que parecia ser o crepúsculo.

Eventualmente a fita de Preservação foi afinando, então desapareceu. Kelsier parou perto da sua ponta, sussurrando

— Fumaça? Você está aí?

Nenhuma resposta, o silêncio refutando a alegação anterior de Preservação de que ele estava em toda parte. Kelsier sacudiu a cabeça. Talvez Preservação estivesse escutando, mas não estivesse *ali* o bastante para responder. Kelsier continuou avançando, passando através de um lugar onde as plantas haviam crescido até a altura da cintura, bruma se elevando das suas folhas largas como vapor de um prato quente.

Enfim, mais adiante, ele identificou *luz*. Kelsier ficou atento. Ele de pronto assumira uma postura de espreita, levado por instintos adquiridos em uma vida de vigarista, literalmente desde o dia do seu nascimento. Não tinha armas. Ajoelhou-se, apalpando o chão em busca de uma pedra ou vara, mas essas plantas não eram grandes o bastante para fornecer algo substancial e o chão era liso e sem rachaduras.

Preservação havia prometido ajuda para ele, mas não sabia ao certo o quanto confiava no que lhe fora dito. Era estranho que sobreviver à sua própria morte houvesse o tornado *mais* hesitante em confiar na palavra de Deus. Ele tirou o cinto para usá-lo como arma, mas o objeto se evaporou em suas mãos e apareceu de volta em sua cintura. Sacudindo a cabeça, espreitou mais de perto, aproximando-se do fogo o bastante para distinguir duas pessoas. Vivas, e nesse Reino, não almas brilhantes ou espíritos nebulosos.

O homem usava roupas de skaas — suspensórios, camisa com mangas dobradas — e cuidava de uma pequena fogueira de jantar. Ele tinha cabelos curtos e um rosto estreito, quase esquelético. Aquela faca no seu cinto, quase tão longa quanto uma espada, viria bem a calhar.

A outra pessoa, que estava sentada em uma pequena cadeira dobrável, poderia ter sido terrisana. Havia alguns entre a população deles com uma pele quase tão escura quanto a dela, embora Kelsier também houvesse conhecido algumas pessoas de vários domínios do sul que cujas peles também eram bem escuras. Ela certamente não estava usando uma roupa terrisana — trajava um robusto vestido marrom, com um grande cinto de couro ao redor da cintura, e tinha seu cabelo arrumado em tranças minúsculas.

Dois. Ele podia cuidar de dois, não podia? Mesmo sem Alomancia ou armas. De qualquer modo, era melhor ser cuidadoso. Não havia esquecido sua humilhação nas mãos do Andarilho. Kelsier tomou uma decisão cuidadosa, então se levantou, endireitou o casaco e adentrou a passos largos no acampamento deles.

— Bem — proclamou ele —, esses têm sido dias incomuns, com toda *certeza*.

O homem junto da fogueira recuou apressadamente, com a mão na faca, de queixo caído. A mulher permaneceu sentada, embora estendesse a mão para pegar alguma coisa ao seu lado. Um pequeno tubo com um cabo na parte de trás, que o apontou para ele, tratando o objeto como se fosse algum tipo de arma.

— Então — disse Kelsier, olhando para o céu com sua massa cambiante e retorcida de gavinhas demasiadamente sólidas —, alguém mais está incomodado com a força voraz de destruição no ar acima de nós?

— Sombras! — gritou o homem. — É *você*. Você está morto!

— Depende da sua definição de morto — disse Kelsier, andando despreocupadamente até a fogueira. A mulher o seguiu com aquela sua arma esquisita. — Que diabos vocês estão *queimando* nessa fogueira? — Ele olhou para os dois. — O que foi?

— Como? — gaguejou o homem. — O quê? Quando...

— ... Por quê? — acrescentou Kelsier, solícito.

— Sim, por quê!

— Tenho uma constituição muito delicada, sabe — explicou Kelsier. — E a morte parecia ser *muito* ruim para a digestão. Então decidi não participar.

— Não dá para simplesmente *decidir* se tornar uma sombra! — exclamou o homem. Ele tinha um leve sotaque que Kelsier não conseguiu localizar.

— É um rito importante! Com requisitos e tradições. Isso... isso é... — Ele jogou as mãos para o ar. — Isso é um *problemão.*

Kelsier sorriu, encontrando o olhar da mulher, que estendeu a mão para um copo de alguma coisa quente no chão ao lado dela. Guardou a arma com a outra mão como se ela nunca tivesse estado ali. Parecia ter uns trinta e tantos anos.

— O Sobrevivente de Hathsin — disse ela, como se estivesse refletindo.

— Estou em desvantagem em relação a você — replicou Kelsier. — Um problema da notoriedade, infelizmente.

— Imagino que a fama traga muitas desvantagens para um ladrão. Não me parece que um deles queira ser reconhecido enquanto tenta afanar carteiras.

— Levando em conta como ele é visto pela gente desse domínio — disse o homem, ainda vigiando Kelsier com um olhar cauteloso —, acho que ficariam encantados ao descobrir que ele os estava roubando.

— Isso mesmo — disse Kelsier secamente —, eles praticamente fazem fila pelo privilégio. Devo repetir?

Ela parou para pensar.

— Meu nome é Khriss, de Taldain. — Ela balançou a cabeça na direção do homem, que guardou a faca com relutância. — Este é Nazh, um homem que trabalha para mim.

— Excelente — disse Kelsier. — Alguma ideia de por que Preservação me diria para vir falar com vocês?

— *Preservação?* — espantou-se Nazh, aproximando-se e agarrando o braço de Kelsier.

Então, do mesmo modo que o Andarilho, eles realmente podiam tocar Kelsier.

— Você falou diretamente com um dos *Fractais*?

— Mas é claro — confirmou Kelsier. — Fumaça e eu nos conhecemos há bastante tempo.

— Ele soltou seu braço da pegada de Nazh e agarrou o outro banco dobrável ao lado da fogueira — duas peças simples de madeira que se dobravam juntas, um pedaço de pano entre elas para servir de assento. Ele o colocou diante de Khriss e se sentou.

— Não gosto disso, Khriss — disse Nazh. — Ele é perigoso.

— Felizmente — replicou ela — nós também somos. O Fractal Preservação, Sobrevivente. Como é a aparência dele?

— Isso é um teste para conferir se já falei mesmo com ele — começou Kelsier — ou uma pergunta sincera em relação à situação da criatura?

— Ambos.

— Ele está morrendo — disse Kelsier, girando a faca de Nazh nos dedos. Havia surrupiado-a durante a altercação entre eles um momento atrás, e ficou curioso ao perceber que, embora fosse feita de metal, ela não brilhava. — É um homem baixo com cabelos negros, ou costumava ser. Ele vem... bem, *se desfazendo*.

— Ei — disse Nazh, os olhos se estreitando ao ver a faca. Ele olhou para seu cinto, e para a bainha vazia. — *Ei!*

— Se desfazendo — ponderou Khriss. — Uma morte lenta, então. Ati não sabe como Fragmentar outro Fractal? Ou ele não tem força para isso? Hmm...

— Ati? — perguntou Kelsier. — Preservação também mencionou esse nome.

Khriss apontou para o céu com um dedo enquanto ela provava sua bebida.

— É ele. O que ele se tornou, pelo menos.

— E... o que é um Fractal? — indagou Kelsier.

— Você é um erudito, sr. Sobrevivente?

— Não — admitiu ele. — Mas já matei alguns.

— Que graça. Bem, você topou com algo muito, muito maior do que você, sua política ou seu pequeno planeta.

— Maior do que você pode lidar, Sobrevivente — disse Nazh, pegando de volta a faca em um movimento rápido enquanto Kelsier a equilibrava no dedo. — Deveria simplesmente desistir agora.

— Nazh tem razão — disse Khriss. — Suas perguntas são perigosas. Quando pisar atrás da cortina e enxergar os atores como as pessoas que eles são, será mais difícil fingir que a peça é real.

— Eu... — Kelsier se inclinou para a frente, entrelaçando as mãos diante dele. Inferno... aquele fogo era quente, mas não parecia estar queimando nada. Ele fitou as chamas e engoliu em seco. — Acordei da morte depois de ter esperado, lá no fundo, que não haveria nada depois dela. Descobri que Deus era real, mas que ele estava morrendo. Preciso de respostas. *Por favor.*

— Curioso — comentou ela.

Ele olhou para cima, franzindo o cenho.

— Ouvi muitas histórias sobre você, Sobrevivente — continuou Khriss. — Elas costumam louvar suas muitas qualidades admiráveis. A sinceridade nunca foi uma delas.

— Posso roubar mais alguma coisa do seu criado — sugeriu Kelsier —, se isso a deixar mais tranquila que sou o que você esperava.

— Você pode tentar — retrucou Nazh, caminhando ao redor da fogueira, cruzando os braços em uma óbvia tentativa de parecer intimidador.

— Os Fractais — disse Khriss, chamando a atenção de Kelsier — não são Deus, mas são *pedaços* de Deus. Ruína, Preservação, Autonomia, Cultura, Devoção... Há 16 deles.

— Dezesseis. — Kelsier suspirou. — Há mais *catorze* dessas coisas andando por aí?

— O resto está em outros planetas.

— Outros... — Kelsier piscou. — Outros *planetas*.

— Ah, veja só — disse Nazh. — Você já quebrou a cabeça dele, Khriss.

— Outros planetas — repetiu ela gentilmente. — Sim, há dezenas deles. Muitos são habitados por pessoas bem parecidas com você ou comigo. Existe um original, velado e oculto em algum lugar na cosmere. Eu ainda não o encontrei, mas *tenho* achado histórias.

"De qualquer modo, havia um Deus. Adonalsium. Não sei se era uma força ou um ser, embora eu suspeite que era o segundo. Dezesseis pessoas, juntas, *mataram* Adonalsium, rasgando-o em pedaços e dividindo sua essência entre eles, tornando-se os primeiros a Ascender."

— Quem eram eles? — indagou Kelsier, tentando compreender essa história.

— Um grupo variado — respondeu ela. — Com motivos igualmente variados. Alguns desejavam o poder; outros viam matar Adonalsium como a única boa opção que lhes restava. Juntos, assassinaram uma divindade, e eles mesmos se tornaram divinos. — Ela sorriu de uma maneira gentil, como que para prepará-lo para o que viria em seguida. — Dois deles criaram esse planeta, Sobrevivente, incluindo as pessoas que vivem nele.

— Então... meu mundo, e todos que conheço — indagou Kelsier —, são a criação de um par de... meios deuses?

— Mais como deuses fracionais — disse Nazh. — E sem qualificações particulares para a divindade, exceto serem conspiradores o bastante para assassinar o cara que estava anteriormente nessa posição.

— Ah, inferno... — Kelsier suspirou — Não admira que sejamos todos tão ferrados das ideias.

— Na verdade — observou Khriss —, as pessoas são assim de modo geral, independentemente de quem as tenha criado. Se serve de consolo, Adonalsium originalmente criou os primeiros humanos, então, como consequência, seus deuses tinham um padrão para usar.

— Então somos cópias de um original defeituoso — disse Kelsier. — Não é lá muito reconfortante. — Ele olhou para cima. — E aquela coisa? Ela costumava ser humana?

— O poder... distorce — explicou Khriss. — Há uma pessoa ali dentro em algum lugar, direcionando-a. Ou talvez a esteja apenas conduzindo, a essa altura.

Kelsier se recordou do fantoche que Ruína havia apresentado, na forma de um homem. Agora era basicamente uma concha preenchida com um terrível poder.

— Então, o que acontece quando uma coisa dessas... morre?

— Estou muito curiosa para ver — disse Khriss. — Nunca assisti pessoalmente, e as mortes no passado eram diferentes. Cada uma delas foi um evento singular e atordoante, o poder do deus despedaçado e dispersado. Isso é mais como um estrangulamento, enquanto as outras foram como uma decapitação. Deve ser bastante instrutivo.

— A menos que eu impeça isso — observou Kelsier.

Khriss sorriu para ele.

— Não seja condescendente. — Kelsier se irritou, levantando-se, o banco caindo atrás dele. — Eu vou detê-lo.

— Esse mundo está indo por água abaixo, Sobrevivente — replicou Khriss. — É realmente uma pena, mas não conheço maneira alguma de salvá-lo. Eu vim com a esperança de que poderia ajudar, mas nem mesmo posso mais alcançar o Reino Físico daqui.

— Alguém destruiu o portal deste lugar — observou Nazh. — Alguém *incrivelmente* imprudente. Impulsivo, idiota. Ele não...

— Você está dando importância demais a isso — retrucou Kelsier. — O Andarilho me contou o que fiz.

— O... quem? — perguntou Khriss.

— Um sujeito de cabelo branco — disse Kelsier. — Magricela, com um nariz pontudo e...

— Droga — praguejou Khriss. — Ele foi até o Poço da Ascensão?

— Roubou alguma coisa lá — respondeu Kelsier. — Um pedaço de metal.

— *Droga* — repetiu Khriss, olhando para seu servo. — Precisamos ir. Sinto muito, Sobrevivente.

— Mas...

— Isso não é por causa do que você acabou de nos contar — disse ela, levantando-se e acenando para que Nazh a ajudasse a recolher seus pertences — Já estávamos mesmo de saída. Esse planeta está morrendo; por mais que eu deseje testemunhar a morte de um Fractal, não ouso me arriscar a fazê-lo tão de perto. Vamos observar de longe.

— Preservação achou que vocês poderiam ajudar — disse Kelsier. — Certamente há *alguma coisa* que vocês podem fazer. Algo que possam me contar. Não pode ser o fim.

— Eu sinto *muito*, Sobrevivente — respondeu Khriss em voz baixa. — Talvez se eu soubesse mais, talvez se eu pudesse convencer o Eyree a responder às minhas perguntas... — Ela sacudiu a cabeça. — Vai acontecer devagar, Sobrevivente, durante meses. Mas está chegando. Ruína vai consumir esse mundo, e o homem antes conhecido como Ati não será capaz de detê-lo. Mesmo que ele quisesse.

— Tudo — sussurrou Kelsier. — Tudo que eu conheço. Cada pessoa do meu... meu planeta?

Ali perto, Nazh se curvou e pegou o fogo, fazendo-o *desaparecer.* A grande chama simplesmente se dobrou na palma de sua mão, e Kelsier pensou ter visto uma baforada de bruma quando ele o fez. Kelsier pegou o banco de Nazh com um dedo, soltou um parafuso no fundo e o escondeu na mão antes de o entregar ao dono.

Nazh então botou nas costas uma mochila de caminhada, com caixas de pergaminho amarradas no topo. Ele olhou para Khriss.

— Fique — pediu Kelsier, virando-se para Khriss. — Ajude-me.

— Ajudar você? Não posso nem *me* ajudar, Sobrevivente. Estou no exílio, e mesmo que não estivesse, não teria os recursos para deter um Fractal. Eu provavelmente nem deveria ter vindo. — Ela hesitou. — E me desculpe, mas não posso convidá-lo para vir conosco. Os olhos do seu deus estarão voltados para você, Kelsier. Ele vai saber onde você está, já que possui pedaços dele dentro de si. Já foi perigoso o bastante falar com você aqui.

Nazh entregou a ela uma mochila, que ela jogou sobre o ombro.

— Eu *vou* impedir isso — afirmou Kelsier para eles.

Khriss levantou uma das mãos e curvou os dedos em um gesto desconhecido, aparentemente se despedindo dele. Então deu as costas para a lareira e foi embora para o mato. Nazh a seguiu.

Kelsier afundou até o chão. Eles haviam levado os bancos, então ele se acomodou no solo, baixando a cabeça. *É isso que você merece, Kelsier,* uma parte dele pensou. *Você quis dançar com o divino e roubar dos deuses. Você deveria estar surpreso agora por se encontrar em uma situação que não pode resolver?*

O som de folhas farfalhando fez com que se levantasse apressadamente. Nazh surgiu das sombras. O homem mais baixo parou no perímetro do acampamento abandonado, então praguejou baixinho antes de dar um passo à frente e tirar sua faca do cinto, com bainha e tudo, e oferecê-la para Kelsier.

Hesitante, Kelsier aceitou a arma ainda na bainha de couro.

— Você e os seus estão numa situação ruim — disse Nazh em voz baixa. — Mas gosto bastante deste lugar. Com as malditas brumas e tudo mais. — Ele apontou para o leste. — Eles estão instalados para lá.

— Eles?

— O Eyree — respondeu Nazh. — Estão nisso há muito mais tempo do que nós, Sobrevivente. Se alguém souber como ajudar você, será o Eyree. Procure-os onde a terra se torna sólida novamente.

— Sólida novamente... — repetiu Kelsier. — Lago Tyrian?

— Além. Muito além, Sobrevivente.

— O *oceano*? Isso fica a milhas e milhas de distância. Para lá do Domínio Longínquo!

Nazh deu-lhe um tapinha no ombro, então se virou para seguir Khriss.

— Há esperança? — gritou Kelsier.

— E se eu lhe dissesse que não? — retrucou Nazh sobre o ombro. — E se eu dissesse que acho que vocês estão bem arruinados, por assim dizer. Isso mudaria o que você vai fazer?

— Não.

Nazh levou os dedos até a testa em um tipo de saudação.

— Adeus, Sobrevivente. Cuide bem da minha faca. Eu gosto dela.

Nazh desapareceu na escuridão. Kelsier o observou, e então fez a única coisa racional possível.

Ele engoliu o parafuso que havia tirado do fundo do banco.

3

O PARAFUSO não surtiu efeito algum. Kelsier havia esperado que pudesse fazer a Alomancia funcionar, mas ele só se instalou no seu estômago — um peso estranho e desconfortável. Não conseguiu queimá-lo, por mais que tentasse. Enquanto caminhava, eventualmente o cuspiu e o jogou fora.

Ele passou pela transição da ilha para o terreno nebuloso ao redor de Luthadel, e sentiu um novo peso acima de si. Um mundo condenado, deuses moribundos, e um universo inteiro que nunca soubera que existia. Sua única esperança agora era... viajar até o oceano?

Isso era mais longe do que ele jamais fora, mesmo durante suas viagens com Gemmel. Levaria meses para caminhar tanto. Eles tinham meses?

Ele saiu da ilha, cruzando para o chão macio dos bancos nebulosos. Luthadel era visível na distância próxima, uma muralha sombria de brumas revoltas.

— Fumaça? — chamou ele. — Você está aí?

— Eu estou em toda parte — disse Preservação, aparecendo ao lado dele.

— Então você estava ouvindo? — perguntou Kelsier.

Ele assentiu distraidamente, a forma esgarçada, o rosto indistinto.

— Eu acho... Certamente eu estava...

— Eles mencionaram alguém chamado de Ai Réé?

— Sim, o I-rê — disse Preservação, pronunciando a palavra de uma maneira ligeiramente diferente. — Três letras. I R E. Significa alguma coisa no idioma deles, essa gente de outra terra. Aqueles que morreram, mas não morreram. Eu os tenho sentido nos cantos da minha visão, como espíritos na noite.

— Mortos, mas vivos — disse Kelsier. — Como eu?

— Não.

— Então, o quê?

— Morreram, só que não.

Que ótimo, pensou Kelsier. Ele se voltou para o oeste. — Supostamente, eles estão no oceano.

— O Ire construiu uma cidade — comentou Preservação em voz baixa. — Em um lugar entre os mundos...

— Bem — disse Kelsier, então respirou fundo. — É para lá que eu vou.

— Vai? — perguntou Preservação. — Você vai me deixar?

A urgência dessas palavras espantou Kelsier.

— Se essas pessoas podem nos ajudar, então preciso falar com elas.

— Elas não podem nos ajudar — disse Preservação. — Elas são... elas são impiedosas. Conspiram sobre meu cadáver como insetos necrófagos esperando pelo meu último suspiro. Não vá. Não *me deixe.*

— Você está em toda parte. Eu não posso deixá-lo.

— Não. Eles estão além de mim. Eu... eu não posso partir desta terra. Estou Investido demais nela, em cada pedra e folha. — Ele pulsou, sua forma já indistinta se esgarçando ainda mais. — Nós... nos apegamos com facilidade e é necessário que alguém seja particularmente dedicado para partir.

— E Ruína? — indagou Kelsier, virando-se para o oeste. — Se ele destruir tudo, será capaz de escapar?

— Sim — confirmou Preservação em uma voz muito baixa. — Ele poderá partir, então. Mas, Kelsier, você não pode me abandonar. Nós... nós somos uma equipe, certo?

Kelsier pousou a mão no ombro da criatura. Outrora tão confiante, agora pouco mais que uma *mancha* no ar.

— Voltarei assim que puder. Se vou deter aquela coisa, precisarei de algum tipo de ajuda.

— Você está com pena de mim.

— Tenho pena de qualquer um que não sou eu, Fumaça. É uma desvantagem de ser o homem que sou. Mas você *pode* fazer isso. Fique de olho em Ruína e tente falar com Vin e aquele nobre dela.

— Pena — repetiu Preservação. — Foi isso... foi isso que me tornei? Sim... Sim, é isso.

Ele estendeu uma mão de silhueta vaga e agarrou o braço de Kelsier por baixo. Kelsier arquejou, então parou enquanto Preservação o agarrava pela nuca com sua outra mão, fitando seus olhos. Aqueles olhos ganharam foco, a imagem turva subitamente se tornando distinta. Um brilho explodiu deles, branco prateado, banhando Kelsier e o cegando.

Tudo mais foi vaporizado; nada podia suportar aquela luz terrível e maravilhosa. Kelsier perdeu forma, pensamento, o próprio ser. Ele transcendeu o *eu* e adentrou um lugar onde fluía luz. Feixes dela explodiam a partir dele, e embora tentasse gritar, não tinha voz.

O tempo não passou; o tempo não tinha relevância ali. Não era um lugar. O local não tinha relevância. Só Conexão, pessoa a pessoa, homem com o mundo, Kelsier com o deus.

E aquele deus era *tudo*. A coisa de que ele teve pena era o próprio solo sobre o qual Kelsier caminhava, o ar, os metais — sua própria alma. Preservação *estava* em toda parte. Ao lado dele, Kelsier era insignificante. Um pensamento tardio.

A visão sumiu. Kelsier cambaleou para longe de Preservação, que estava de pé, plácido, um borrão no ar — mas uma representação de tanto mais. Kelsier levou a mão ao peito e ficou feliz, por um motivo que não soube explicar, ao descobrir que seu coração estava batendo. Sua alma estava aprendendo a imitar um corpo, e de algum modo ter um coração acelerado era reconfortante.

— Suponho que mereci isso — disse Kelsier. — Tome cuidado com a maneira como usa essas visões, Fumaça. A realidade não é particularmente saudável para o ego de um homem.

— Eu diria que é muito saudável — replicou Preservação.

— Eu vi tudo — balbuciou Kelsier. — Todo mundo, tudo. Minha Conexão com eles, e... e...

Se espalhando para o futuro, pensou ele, se agarrando a uma explicação. *Possibilidades, tantas possibilidades... como atium.*

— Sim — disse Preservação, parecendo exausto. — Pode tentar reconhecer o próprio lugar verdadeiro no todo. Poucos podem lidar com...

— Mande-me de volta — pediu Kelsier, indo até Preservação, tomando-o pelos braços.

— O quê?

— *Mande-me de volta*. Preciso ver aquilo de novo.

— A sua mente é frágil demais. Ela não vai suportar.

— Isso foi anos atrás, Fumaça. Faça. Por favor.

Preservação o agarrou, hesitante, e dessa vez os olhos deles levaram mais tempo para começar a brilhar. Eles refulgiram, sua forma tremendo, e por um momento Kelsier pensou que o deus fosse se dissipar completamente.

Então o brilho ganhou vida em um jorro, e em um instante Kelsier foi consumido. Dessa vez ele se forçou a desviar os olhos de Preservação — embora fosse menos uma questão de *olhar*, e mais uma questão de tentar organizar aquela horrível sobrecarga de informações e sensações que o assaltava.

Infelizmente, ao voltar sua atenção para longe de Preservação, ele se arriscava a entregá-la a outra coisa — algo igualmente exigente. Havia um segundo deus ali, negro e terrível, a criatura com os espinhos e as pernas de aranha, brotando de brumas escuras e se estendendo para dentro de tudo por toda a terra.

Incluindo Kelsier.

De fato, seus laços com Preservação eram triviais em comparação com essas centenas de dedos negros que o ligavam àquela coisa no Além. Ele sentiu uma poderosa satisfação vindo dela, junto com uma ideia. Não palavras, mas um fato inegável.

Você é meu, Sobrevivente.

Kelsier se rebelou diante do pensamento, mas nesse lugar de luz perfeita, a verdade *precisava* ser reconhecida.

Fazendo força, a alma desabando diante daquela terrível realidade, Kelsier se voltou para as gavinhas de luz que se espalhavam para longe. Possibilidades sobre possibilidades, combinadas umas com as outras. Infinitas, avassaladoras. O futuro.

Ele saiu novamente da visão, e dessa vez caiu de joelhos, ofegante. O brilho sumiu, e ele estava outra vez nos bancos do Lago Luthadel. Preservação se acomodou ao lado dele e pousou a mão nas costas de Kelsier.

— Não posso detê-lo — sussurrou Kelsier.

— Eu sei — disse Preservação.

— Pude ver milhares e milhares de possibilidades. Em nenhuma delas derrotei aquela coisa.

— As fitas do futuro nunca são tão úteis quanto... quanto deveriam ser — disse Preservação. — Eu as segui um bocado, no passado. É difícil demais distinguir o que é realmente provável e o que é apenas um frágil, frágil e distante talvez...

— Não posso detê-lo — sussurrou Kelsier. — Sou parecido demais com ele. Tudo que faço serve a *ele*. — Kelsier olhou para cima, sorrindo.

— Isso danificou você — disse Preservação.

— Não, Fumaça. — Kelsier deu uma gargalhada, levantando-se. — Não. Eu não posso detê-lo. Não importa o que eu faça, não posso detê-lo. — Ele baixou os olhos até Preservação. — Mas *ela* pode.

— Ele sabe disso. Você tinha razão. Ele estava *mesmo* a preparando, infundindo-a.

— Ela pode resistir.

— Uma possibilidade remota — salientou Preservação. — Uma falsa promessa.

— Não — replicou Kelsier em voz baixa. — Uma *esperança*.

Ele estendeu a mão. Preservação a segurou e deixou Kelsier puxá-lo para ficar de pé. O deus balançou a cabeça, concordando.

— Uma esperança. Qual é o nosso plano?

— Continuo seguindo para o oeste — disse Kelsier. — Eu vi, nas possibilidades...

— Não confie no que você viu — interrompeu Preservação, soando muito mais firme do que antes. — É necessário uma mente infinita para até mesmo *começar* a vislumbrar as informações dessas gavinhas do futuro. Mesmo então, é bem provável que você esteja errado.

— O caminho que enxerguei começava comigo indo para o oeste — explicou Kelsier. — É tudo que consigo pensar. A não ser que você tenha uma sugestão melhor.

Preservação sacudiu a cabeça.

— Você precisa ficar aqui, combatê-lo, resistir. E tentar se comunicar com Vin. Se não com ela, então com Sazed.

— Ele... não está bem.

Kelsier inclinou a cabeça para o lado.

— Ele foi ferido em combate?

— Pior. Ruína está tentando quebrá-lo.

Droga. Mas o que ele podia fazer, a não ser continuar com o seu plano? — Faça o que puder — pediu Kelsier. — Vou procurar essa gente no oeste.

— Eles *não vão* ajudar.

— Não quero pedir ajuda deles — disse Kelsier, então sorriu. — Vou roubá-los.

PARTE QUATRO
JORNADA

1

KELSIER correu. Ele precisava da urgência, da força, de estar em movimento. Um homem correndo para algum lugar tinha um propósito.

Ele deixou a região ao redor de Luthadel, trotando ao longo de um canal para ter uma direção. Como o lago, o canal estava invertido aqui — um longo e estreito banco em vez de uma vala.

Enquanto se movia, Kelsier tentou novamente entender o conjunto conflitante de imagens, impressões e ideias que havia vivenciado naquele lugar onde pôde perceber tudo. Vin *podia* vencer essa coisa. Disso Kelsier tinha certeza, tão certo quanto estava de que ele não poderia derrotar Ruína sozinho.

Dali em diante, contudo, seus pensamentos se tornaram mais vagos. Essas pessoas, o Ire, estavam trabalhando em algo perigoso. Algo que ele podia usar contra Ruína... Talvez.

Isso era tudo que ele tinha. Preservação estava certo: os fios naquele lugar entre momentos eram demasiado emaranhados, demasiado efêmeros, para dar a ele algo muito além de uma vaga impressão. Mas pelo menos era algo que ele podia fazer.

Então ele correu. Não tinha tempo de caminhar. Desejou de novo ter Alomancia, peltre para lhe emprestar força e resistência. Ele havia possuído aquele poder por um período curto de sua vida, mas se tornara uma segunda natureza para ele tão rápido.

Kelsier não tinha mais essas habilidades como apoio. Felizmente, sem um corpo, ele não parecia se cansar, a menos que parasse para pensar sobre o fato de que *deveria* estar cansado. Isso não era problema. Se havia uma coisa em que Kelsier era bom, era mentir para si mesmo.

Com sorte, Vin seria capaz de segurar as pontas tempo o bastante para salvar todos eles. Era um peso terrível para colocar sobre os ombros de uma única pessoa. Ele ergueria qualquer porção que pudesse.

2

Eu conheço *este lugar*, pensou Kelsier, desacelerando sua corrida enquanto passava por uma pequena cidade na costa de um canal. Uma parada no caminho onde os mestres do canal podiam descansar seus skaas, tomar uma bebida e apreciar um banho quente à noite. Era uma entre muitas nos domínios, todas quase idênticas. Esta se distinguia por duas torres em ruínas no banco oposto do canal.

Sim, pensou ele, parando na rua. Essas torres eram distintas mesmo na onírica e nebulosa paisagem desse Reino. Canalongo. Como era possível que ele já houvesse alcançado esse lugar? Estava localizado já bem fora do Domínio Central. Durante quanto tempo estivera correndo?

O tempo havia se tornado uma coisa estranha desde a sua morte. Ele não precisava mais de comida, e não sentia cansaço além daquele projetado pela sua mente. Com Ruína obstruindo o sol, e a única luz vindo do chão nebuloso, era muito difícil discernir a passagem dos dias.

Ele estava correndo... há algum tempo. Há muito tempo?

Subitamente se sentiu exausto, sua mente entorpecida, como se estivesse sofrendo os efeitos do consumo excessivo do peltre. Ele grunhiu e se sentou ao lado do monte do canal, que estava coberto por plantas minúsculas. Essas plantas pareciam crescer onde quer que a água estivesse presente no mundo real. Ele as encontrara brotando de taças nebulosas.

Ocasionalmente ele havia encontrado outras plantas mais estranhas na paisagem entre cidades — locais onde o chão flexível se tornava mais firme. Lugares sem pessoas: o vasto ermo coberto de cinzas entre pontos de civilização.

Ele ficou de pé pesadamente, lutando contra a exaustão. Estava tudo na sua cabeça, de um modo bem literal. Relutando a se obrigar a voltar a correr por um instante, passeou por Canalongo. Uma cidade crescera ali ao redor da parada do canal. Bem, uma vila. Os nobres que administravam plantações mais ao longo do canal vinham ali para negociar e enviar mercadorias para Luthadel. Ela havia se tornado um eixo comercial, um agitado centro cívico.

Kelsier havia matado sete homens ali.

Ou tinham sido oito? Ele caminhou, contando-os. O lorde, seus filhos, sua esposa... Sim, sete, contando dois guardas e aquele primo. Estava certo. Ele poupara a esposa do primo, que estava grávida.

Ele e Mare haviam alugado um quarto acima do armazém, logo ali, fingindo ser comerciantes de uma casa nobre menor. Ele subiu os degraus fora do edifício, parando diante da porta. Pousou os dedos nela e sentiu-a no Reino Físico, familiar mesmo depois de todo esse tempo.

Nós tínhamos planos! Mare dissera enquanto eles faziam as malas furiosamente. *Como você pôde fazer isso?*

— Eles assassinaram uma criança, Mare — sussurrou Kelsier. — Afundaram-na no canal com pedras amarradas aos pés. Porque ela havia derramado o chá deles. Porque ela havia derramado o *maldito chá.*

Ah, Kell, ela havia dito. Eles *matam gente todos os dias. É terrível, mas é a vida. Você vai se vingar de* todos *os nobres por aí?*

— Sim — sussurrou Kelsier. Ele formou um punho junto da porta. — Eu fiz isso. Fiz o próprio Senhor Soberano pagar, Mare.

E aquela massa fervilhante de serpentes se contorcendo no céu... aquele havia sido o resultado. Ele havia visto a verdade, nesse seu momento entre o tempo com Preservação. O Senhor Soberano teria impedido esse desastre por outros mil anos.

Matar um homem. Obter a vingança, mas causar quantas outras mortes? Ele e Mare haviam fugido dessa vila. Mais tarde, ele soube que os Inquisidores vieram, torturando muitas das pessoas que eles haviam conhecido ali, matando um número razoável na sua busca por respostas.

Mate, e eles matavam de volta. Vingue-se, e eles se vingavam dez vezes mais.

Você é meu, Sobrevivente.

Ele agarrou a maçaneta, mas não conseguiu mais do que adquirir uma impressão da sua aparência. Não podia movê-la. Felizmente, foi capaz de pressionar contra a porta e se forçar a passar. Ele cambaleou e parou, e ficou chocado ao ver que o quarto estava ocupado. Uma alma solitária — brilhando, então era uma pessoa no mundo real, não nesse — estava deitada sobre o leito no canto.

Ele e Mare haviam deixado esse lugar apressadamente, e sido forçados a esconder algumas das suas posses em um buraco atrás de uma pedra na lareira. Elas não estavam mais lá; ele as surrupiara depois da morte de Mare, após sua fuga dos Fossos e seu treinamento com o estranho velho alomântico chamado Gemmel.

Ele evitou a pessoa e caminhou até a pequena lareira. Quando voltou para pegar a moeda escondida, estivera no seu caminho para Luthadel, a mente transbordando de planos grandiosos e ideias perigosas. Ele havia recuperado o dinheiro, mas tinha descoberto mais do que pretendia. A bolsa de moedas, e ao lado dela um diário de Mare.

— Se eu tivesse morrido — falou Kelsier, em voz alta —, se me deixasse ser puxado para aquele outro lugar... eu estaria com Mare agora, não estaria?

Não houve resposta.

— Preservação! — gritou Kelsier. — Você sabe onde ela está? Você a viu passar para aquela escuridão de que falava, naquele lugar para onde as pessoas vão depois disso? Eu estaria com ela, não estaria, se eu me deixasse morrer?

Outra vez Preservação não respondeu. Sua mente certamente não estava em todos os lugares, mesmo que sua essência estivesse. Considerando quão errático ele vinha sendo ultimamente, sua mente poderia nem mesmo estar por completo em *um* lugar. Kelsier suspirou, olhando ao redor do pequeno quarto.

Então deu um passo para trás, percebendo que a pessoa no leito havia se levantado e estava olhando ao redor.

— O que você quer? — disse Kelsier com rispidez.

A figura deu um pulo. Ele havia *escutado* aquilo?

Kelsier caminhou até a figura e o tocou, captando uma visão de um mendigo velho, de barba desgrenhada e olhar desvairado. O homem estava murmurando para si mesmo, e Kelsier — enquanto o tocava — pôde entender uma parte.

— Namia cabeça — murmurou o homem. — Saidamia cabeça.

— Você pode me ouvir — disse Kelsier.

A figura pulou novamente.

— Malditos sussurros — disse ele. — Saidamia cabeça!

Kelsier baixou a mão. Ele havia visto isso, nos pulsos. Às vezes os loucos sussurravam as coisas que haviam escutado de Ruína. Mas parecia que eles podiam ouvir Kelsier também.

Poderia ele utilizar esse homem? *Gemmel murmurava daquele jeito às vezes*, Kelsier compreendeu, sentindo um arrepio. *Sempre pensei que ele fosse louco.*

Kelsier tentou falar mais com o homem, mas o esforço foi infrutífero. O homem ficava pulando e murmurando, mas não respondia de verdade.

Eventualmente Kelsier saiu do quarto. Ficou feliz pelo louco tê-lo distraído das suas memórias desse lugar. Ele procurou no bolso, mas então lembrou que não tinha mais o retrato da flor de Mare. Ele o deixara para Vin.

Sabia a resposta às perguntas que havia feito a Preservação pouco antes. Ao se recusar a aceitar a morte, Kelsier também havia desistido de voltar para Mare. A menos que não houvesse nada além da distorção; a menos que *aquela* morte fosse real e final.

Certamente ela não poderia esperar que ele simplesmente desistisse, que deixasse a escuridão que se estendia levá-lo? *Todos os outros que vi fizeram a passagem voluntariamente,* pensou Kelsier. *Até mesmo o Senhor Soberano. Por que preciso insistir em permanecer?*

Perguntas tolas, inúteis. Ele não podia partir quando o mundo estava em tamanho perigo. E ele não iria simplesmente se deixar morrer, nem mesmo para estar com ela.

Ele deixou a cidade, voltando seu caminho para oeste outra vez, e continuou correndo.

3

Kelsier se ajoelhou junto de uma velha fogueira para cozinhar alimentos, representada por um grupo de pedaços de lenha frios e sombrios neste Reino. Descobriu que era importante parar depois de algumas semanas para respirar um pouco. Ele estava correndo... bem, há bastante tempo agora.

Hoje ele pretendia finalmente decifrar um enigma. Pegou os restos nebulosos da antiga fogueira. Imediatamente ganhou uma visão deles no mundo real — mas se esforçou para passar através disso, sentindo algo além.

Não só imagens, mas sensações. Quase emoções. Madeira fria que de algum modo lembrava o calor. Essa fogueira estava morta no mundo real, mas *desejava* poder queimar novamente.

Era uma sensação estranha, perceber que pedaços de lenha podiam ter desejos. Essa chama havia queimado durante anos, alimentando as famílias de muitos skaas. Incontáveis gerações haviam se sentado diante desse buraco no chão. Elas haviam mantido o fogo queimando quase que perpetuamente. Rindo, saboreando seus breves momentos de alegria.

O fogo concedera isso a eles. Ele desejava fazê-lo de novo. Infelizmente, as pessoas haviam partido. Kelsier estava encontrando um número cada vez maior de vilas abandonadas nos últimos dias. As chuvas de cinzas estavam mais longas do que o de costume, e Kelsier sentira tremores ocasionais no solo, mesmo nesse Reino. Terremotos.

Ele poderia dar algo a esse fogo. *Queime de novo*, ordenou. *Fique quente outra vez.*

Isso não poderia acontecer no Reino Físico, mas todas as coisas podiam se manifestar ali. O fogo não estava realmente vivo, mas para as pessoas que haviam vivido ali, isso quase era verdade. Um amigo familiar e caloroso.

Queime...

Luz explodiu dos seus dedos, fluindo das suas mãos, uma chama aparecendo ali. Deixou-a cair rapidamente, dando um passo para trás, sorrindo para o fogo crepitante. Ele parecia muito com a fogueira que Nazh e Khriss haviam levado com eles; a própria lenha apareceu desse lado, com chamas dançantes.

Fogo. Ele havia feito *fogo* no mundo dos mortos. *Nada mal, Kell*, pensou, ajoelhando-se. Depois de respirar fundo, empurrou a mão até o fogo e agarrou o centro da lenha, então fechou o punho, capturando o pedaço de bruma que compunha a essência daquela fogueira. Ele se dobrou sobre si mesmo, desaparecendo.

Então colheu o pequeno punhado de bruma. Podia senti-la como podia sentir o chão debaixo de si: flexível, mas real o bastante, contanto que ele não pressionasse com força demais. Ele guardou a alma da fogueira no bolso, bastante seguro de que ela não acenderia a menos que ele desse o comando para fazê-lo.

Ele deixou a cabana dos skaas, saindo para uma plantação. Nunca estivera ali antes — era mais a oeste do que viajara com Gemmel. As plantações ali eram compostas por estranhos edifícios retangulares que eram baixos e atarracados, mas cada um deles possuía um grande pátio. Ele passeou por ela, adentrando uma rua que passava por uma dúzia de cabanas similares.

Em última instância, os skaas estavam melhores ali do que nos domínios internos. Era como dizer que um homem se afogando em cerveja estava melhor do que outro se afogando em ácido.

Cinzas caíam do céu. Embora ele não fosse capaz de vê-las durante seus primeiros dias nesse Reino, havia aprendido a distingui-las. Elas refletiam como minúsculos pedaços de bruma girando, quase invisíveis. Kelsier começou a correr, e as cinzas choviam ao redor dele. Algumas passaram através dele, deixando-o com a impressão de que *ele* era uma cinza. Uma casca queimada, um cadáver reduzido a centelhas que se deslocavam ao vento.

Ele passou por um número demasiado grande de cinzas acumuladas no chão. Elas não deveriam estar caindo tão pesadamente ali. As Montanhas de Cinzas estavam distantes; pelo que ele havia aprendido em suas viagens, as cinzas só caíam uma ou duas vezes ali. Ou pelo menos era assim que havia sido antes do despertar de Ruína. Algumas árvores ainda viviam ali, nas sombras, suas almas se manifestando como formas nebulosas que brilhavam como as almas dos homens.

Ele se aproximou de pessoas na estrada que estavam seguindo para o oeste, rumo às cidades costeiras. Provavelmente seus nobres já haviam fugido naquela direção, apavorados pelo súbito aumento de cinzas e outros sinais de destruição. Enquanto Kelsier passava pelas pessoas, ele estendia a mão, deixando-a roçar contra elas e dar a ele impressões de cada uma.

Uma jovem mãe aleijada por um pé quebrado, carregando seu novo bebê junto ao peito.

Uma velha, forte, como todo skaa idoso precisava ser. Os fracos frequentemente eram deixados para morrer.

Um homem jovem e sardento com uma bela camisa, provavelmente roubada do lorde da mansão.

Kelsier procurou sinais de loucura ou delírio. Ele confirmou que aqueles tipos frequentemente podiam ouvi-lo embora nem sempre fosse necessária a loucura óbvia. Muitos pareciam incapazes de identificar suas palavras específicas, em vez disso ouvindo sussurros fantasmagóricos. Impressões.

Ele ganhou velocidade, deixando as pessoas da vila para trás. Dava para ver que essa era uma área bem percorrida pela luz das brumas abaixo dele. Durante seus meses correndo, ele veio a entender — e, até certo ponto, a aceitar — o Reino Cognitivo. Havia certa liberdade em ser capaz de se mover através de paredes sem obstáculos. De ser capaz de espiar as pessoas e suas vidas.

Mas ele estava tão solitário.

Tentava não pensar sobre isso. Concentrava-se na sua corrida e no desafio à frente. Devido à maneira como o tempo se misturava ali, não parecia que meses haviam se passado. De fato, essa experiência era muito preferível ao ano enlouquecedor que passara preso no Poço.

Mas ele sentia falta das pessoas. Kelsier precisava de gente, de conversa, de amigos. Sem eles, sentia-se árido. O que ele não teria dado para que Preservação, desequilibrado como estava, aparecesse e falasse com ele. Até mesmo aquele *Andarilho* de cabelos brancos teria sido uma pausa bem-vinda no deserto de brumas.

Ele tentava encontrar loucos para que pudesse pelo menos ter *alguma* interação com outros seres vivos, por mais insignificante que fosse.

Pelo menos ganhei alguma coisa, pensou. Uma fogueira de acampamento no seu bolso. Quando saísse dessa, e ele *sairia* dessa, teria histórias para contar.

4

KELSIER, o Sobrevivente da Morte, finalmente alcançou o topo de uma última colina e contemplou uma incrível visão esparramada diante dele. Terra.

Ela se erguia da borda das brumas, uma vastidão sinistra e escura. Parecia menos viva do que as brumas cinzentas e esbranquiçadas debaixo dele, mas, ah, era uma visão bem-vinda.

Ele soltou um longo suspiro de alívio. Essas últimas semanas haviam sido cada vez mais difíceis. Pensar em ter de correr mais havia começado a lhe dar náusea, e a solidão fazia com que visse fantasmas nas brumas cambiantes, ouvindo vozes no nada sem vida ao redor.

Ele era uma figura bastante diferente daquela que havia deixado Luthadel. Plantou seu bastão no chão ao seu lado — ele o recuperara do corpo de um refugiado morto no mundo real e o estimulou a vida, dando-lhe um novo lar e um novo mestre para servir. O mesmo para a capa que usava, esgarçada nas bordas, quase como uma capa de bruma.

A mochila que carregava era diferente; ele a tirara de uma loja abandonada. Nenhum dono a havia carregado. Ela considerava seu propósito ficar em uma prateleira e ser admirada. Até agora havia sido uma companheira adequada.

Kelsier se acomodou, colocando de lado o bastão e remexendo na mochila. Contou suas esferas de bruma, que mantinha bem embrulhadas na mochila. Nenhuma delas havia desaparecido dessa vez; isso era bom. Quando um objeto era recuperado — ou pior, destruído — no Reino Físico, sua Identidade mudava e o espírito voltava para o local do seu corpo.

Objetos abandonados eram os melhores. Aqueles que haviam sido possuídos por um longo período, então tinham uma forte Identidade, mas que atualmente não tinham ninguém no Reino Físico para cuidar deles. Ele puxou a esfera de bruma que era sua fogueira de acampamento e a desdobrou, banhando-se no seu calor. Ela estava começando a se desgastar, os pedaços de lenha marcados com buracos nebulosos. Ele só podia pensar que a carregara longe demais da sua origem, e a distância a estava perturbando.

Ele pegou outra esfera de bruma, que se desdobrou na sua mão, tornando-se um odre de água feito de couro. Ele tomou um longo gole. Isso não lhe fez nenhum bem real; a água desaparecia logo depois de ser vertida, e ele não parecia precisar beber.

Bebeu mesmo assim. A sensação nos seus lábios e garganta era ótima, refrescante. Isso permitia que ele fingisse estar vivo.

Ele se aninhou naquela colina, olhando para a nova fronteira, bebendo uma água fantasma ao lado da alma de uma fogueira. Sua experiência no reino dos deuses, aquele momento entre o tempo, agora era uma memória distante... mas, honestamente, havia parecido distante no segundo em que saíra dela. As brilhantes Conexões e as revelações que varriam toda a eternidade sumiram imediatamente, como bruma diante do sol matinal.

Ele precisava alcançar aquele lugar. Além disso... ele não tinha ideia. Havia pessoas lá fora, mas como encontrá-las? E o que faria quando as localizasse?

Preciso do que eles têm, ele pensou, bebendo outro gole do odre. *Mas eles não vão entregá-lo para mim.* Tinha certeza disso. Mas o que eles tinham? Conhecimento? Como ele poderia dar um golpe em alguém se nem mesmo sabia se falavam sua língua?

— Fumaça? — disse Kelsier, só para testar. — Preservação, você está aí?

Não houve resposta. Ele suspirou, guardando seu odre de água. Olhou sobre o ombro na direção de onde viera.

Então ficou de pé com toda pressa, arrancando a faca da bainha e girando, colocando o fogo entre ele e o que estava ali. A figura vestia uma túnica e tinha cabelos rubros como fogo. Exibia um sorriso de boas-vindas, mas Kelsier podia ver espinhos sob a superfície da sua pele. Pernas de aranha espetando, milhares delas, pressionando a pele e fazendo com que ela se esticasse para fora em movimentos erráticos.

O fantoche de Ruína. A coisa que ele vira aquela força construir e balançar na direção de Vin.

— Olá, Kelsier — disse Ruína por meio dos lábios da figura. — Meu colega não está disponível. Mas posso transmitir seus pedidos, se você desejar.

— Para trás — preveniu Kelsier, brandindo a faca, procurando, por instinto, metais que ele não podia mais queimar. Droga, ele sentia falta daquilo.

— Ah, Kelsier — replicou Ruína. — Para trás? Estou a toda a sua volta: o ar que você finge respirar, o chão debaixo dos seus pés. Estou nessa faca e na sua própria alma. Como exatamente devo "ficar para trás"?

— Você pode dizer o que quiser — afirmou Kelsier. — Mas não é meu dono. Eu *não* sou seu.

— Por que você resiste tanto? — indagou Ruína, andando tranquilamente ao redor da fogueira.

Kelsier andou na outra direção, mantendo distância entre ele e essa criatura.

— Ah, sei lá — respondeu. — Talvez porque você seja uma *força maligna de destruição e sofrimento.*

Ruína se empertigou, como se estivesse ofendido.

— Isso foi desnecessário! — Ele estendeu as mãos para os lados. — A morte não é maligna, Kelsier. A morte é necessária. Todo relógio precisa perder a corda, todo dia precisa terminar. Sem *mim* não existe vida, e nunca poderia ter existido. Vida é mudança, e eu represento essa mudança.

— E agora você vai acabar com ela.

— Ela foi um dom que concedi — disse Ruína, estendendo a mão para Kelsier. — A vida. A maravilhosa, *belíssima* vida. A alegria da criança nova, o orgulho de um progenitor, a satisfação de um trabalho bem feito. Essas coisas vêm de *mim.* Mas agora acabou, Kelsier. Esse planeta é um homem velho, que viveu a vida ao máximo, agora arquejando seus últimos alentos. Não é maligno dar a ele o descanso que merece. É uma *misericórdia.*

Kelsier olhou para aquela mão, que ondulava com a pressão das minúsculas alfinetadas das aranhas no seu interior.

— Mas com quem estou falando? — suspirou Ruína, recolhendo a mão. — O homem que não quis aceitar seu próprio fim, muito embora sua alma ansiasse por isso, muito embora sua esposa estivesse ansiosa para que ele se juntasse a ela no Além. Não, Kelsier. Não antecipo que você possa ver a necessidade de um final. Então continue a pensar que sou maligno, se precisa.

— Seria tão ruim — quis saber Kelsier — nos dar mais um pouco de tempo?

Ruína deu uma gargalhada.

— Você sempre banca o ladrão, procurando saber até onde pode se safar. Não, o prazo já foi estendido repetidas vezes. Imagino que não tenha recado para eu passar adiante, então?

— Claro — retrucou Kelsier. — Diga a Fumaça que ele deve pegar algo longo, duro e pontudo, então enfiar no seu traseiro para mim.

— Como se ele pudesse me ferir. Você compreende que se ele estivesse no controle, ninguém envelheceria? Ninguém pensaria ou viveria? Se ele conseguisse o que quer, todos vocês estariam congelados no tempo, incapazes de agir para que não pudessem causar danos uns aos outros.

— Então, você o está matando.

— Como eu disse — replicou Ruína com um sorriso largo. — Um ato de misericórdia. Para um homem velho cujo tempo passou. Mas se tudo que você planeja é me insultar, vou embora. É uma pena que você esteja naquela ilha quando o fim chegar. Imagino que gostaria de se despedir dos outros quando eles morrerem.

— Isso não pode estar *tão* perto.

— Está, felizmente. Mas mesmo que pudesse ter feito algo para ajudar, você é inútil aqui. Uma vergonha.

Claro, pensou Kelsier. *E você veio aqui para me dizer isso, em vez de continuar silenciosamente satisfeito com o fato de eu estar distraído pela minha busca.*

Kelsier reconhecia uma isca quando via uma. Ruína queria que ele *acreditasse* que o fim estava próximo, que chegar aqui havia sido algo inútil.

O que significava que não era.

Preservação disse que ele não poderia partir para ir até onde estou indo, pensou. *E Ruína está preso de modo similar, pelo menos até que o mundo seja destruído.*

Talvez, pela primeira vez em meses, ele fosse capaz de escapar daquele céu pulsante e dos olhos do destruidor. Ele saudou Ruína, guardou a fogueira, então desceu a colina.

— Está fugindo, Kelsier? — disse Ruína, aparecendo na colina com as mãos juntas enquanto Kelsier passava por ele. — Você não pode fugir do seu destino. Está preso a esse mundo, e a mim.

Kelsier continuou caminhando, e Ruína apareceu no sopé da colina, na mesma pose.

— Aqueles tolos na fortaleza não serão capazes de ajudá-lo — apontou Ruína. — Acho que quando esse mundo chegar ao seu fim, vou visitá-los. Eles existem há muito mais tempo do que deveriam.

Kelsier parou na borda da nova terra de pedra escura, como o lago que havia se tornado uma ilha. Essa era ainda maior. O oceano havia se tornado um continente.

— Vou matar Vin enquanto você estiver fora — sussurrou Ruína. — Vou matar todos eles. Pense nisso, Kelsier, na sua jornada. Quando você voltar, se houver sobrado alguma coisa, posso precisar de você. Obrigado por tudo que fez por mim.

Kelsier foi para o continente oceânico, deixando Ruína para trás na costa. Kelsier quase podia ver os fios finos de poder que animavam esse fantoche, emprestando uma voz àquela força terrível.

Droga. As palavras dele eram mentiras. Ele *sabia* disso.

Mas elas doíam mesmo assim.

PARTE CINCO
IRE

1

Ele tivera esperança de que o sol voltaria quando Ruína desaparecesse do céu, mas depois de caminhar longe o bastante, ele pareceu deixar esse mundo para trás — e o sol com ele. O céu aqui não era nada além de um negrume vazio. Kelsier eventualmente conseguiu usar algumas vinhas para amarrar seu fogo na ponta do seu bastão, que se tornou uma tocha improvisada.

Era uma experiência estranha, caminhar pela paisagem escurecida, segurando um bastão com uma *fogueira de acampamento* no topo. Mas os pedaços de lenha não caíram, e a coisa não era nem de longe tão pesada quanto deveria ser. Nem tão quente, particularmente se, ao trazê-la para fora, ele não a manifestasse plenamente.

A vida vegetal crescia ao redor dele, real ao seu toque e olhos, embora com estranhas variedades, algumas das quais tinham frondes vermelho-marrons e outras com palmas largas. Muitas árvores — uma selva de plantas exóticas.

Havia alguns pedaços de bruma ali. Se ele se ajoelhasse junto ao chão e procurasse por eles, poderia encontrar pequenos espíritos brilhantes. Peixes, plantas aquáticas. Eles se manifestavam aqui acima do chão, embora no oceano do outro lado provavelmente estivessem dentro nas profundezas. Kelsier se levantou, segurando a alma de algum tipo de enorme criatura marinha — como um peixe, só que grande como um edifício — na sua mão, sentindo sua força lenta.

Aquilo era surreal, mas o mesmo podia ser dito da sua vida nos dias de hoje. Deixou cair a alma do peixe e continuou para a frente, caminhando através de plantas que iam até sua cintura com um bastão flamejante iluminando o caminho.

Enquanto se afastava mais da costa, sentia um puxão na sua alma. Uma manifestação dos seus laços com o mundo que havia deixado para trás. Ele sabia, sem precisar testar, que aquele puxão eventualmente se tornaria forte o bastante para que não conseguisse continuar avançando.

Ele podia usar isso. O puxão era uma ferramenta que o permitia discernir se estava se afastando mais do seu mundo, ou se havia se desviado na escuridão. Qualquer outro tipo de navegação seria impossível, agora que ele não tinha os canais e estradas para guiá-lo.

Discernindo o puxão na sua alma, conseguiu se apontar diretamente para fora, para longe da sua terra natal. Ele não estava de todo certo de que encontraria sua meta, mas parecia ser sua melhor aposta.

Ele seguiu pela selva durante dias, mas então ela começou a diminuir. Eventualmente ele alcançou um lugar onde as plantas só cresciam em tufos ocasionais, sendo substituídas por estranhas formações rochosas, como esculturas de vidro. As coisas pontiagudas tinham três metros ou mais de altura. Não sabia o que pensar delas. Ele havia parado de passar pelas almas de peixes, e nada parecia estar vivo em nenhum dos dois Reinos.

O puxão atraindo-o para trás estava se tornando difícil de combater. Estava começando a se preocupar que teria que voltar quando, finalmente, identificou algo novo.

Uma luz no horizonte.

2

Era muito mais fácil se esgueirar quando você tecnicamente não tinha um corpo.

Kelsier se movia em silêncio, tendo dispensado a capa e o bastão. Ele havia deixado sua mochila para trás, e embora houvesse algumas plantas ali, podia passar *através* delas, sem mesmo agitar as folhas.

As luzes à frente pulsavam de uma fortaleza construída com pedras brancas. Não era uma cidade, mas era perto o bastante disso para ele. Aquela luz tinha uma estranha qualidade; ela não ardia nem tremulava como uma chama. Algum tipo de luz oxídrica? Ele se aproximou e ficou ao lado de uma das estranhas formações rochosas que eram comuns ali. Ela tinha espinhos em forma de ganchos pendendo dela quase como galhos.

As paredes muito altas dessa fortaleza brilhavam levemente. Aquilo era bruma? Não parecia ter o mesmo matiz; era azul demais. Ficando junto das sombras das formações rochosas, Kelsier contornou o edifício até uma fonte de luz mais brilhante na parte de trás.

Essa era uma enorme corda brilhante, tão grossa quanto um tronco de uma árvore grande. Ela pulsava com um poder lento e rítmico, e a luz que emanava era do mesmo tom que as paredes — só que muito mais brilhante. Devia ser algum tipo de condutor de energia, e se estendia até uma distância longínqua, visível na escuridão por várias milhas.

A corda passava para dentro da fortaleza através de um portal grande na parte traseira. Enquanto Kelsier se esgueirava mais para perto, descobriu que pequenas linhas de energia estavam correndo através da pedra da parede. Elas se dividiam em ramos cada vez menores, como uma teia brilhante de veias.

O forte era alto, imponente, como uma fortaleza — mas sem a ornamentação. Não havia uma fortificação separada ao redor dele, mas suas paredes eram íngremes e lisas. Guardas se moviam pelo topo, e enquanto um deles passava, Kelsier se empurrou totalmente para dentro do chão. Era capaz de afundar nele completamente, tornando-se quase invisível, embora isso exigisse agarrar o solo e se empurrar para baixo até que só o topo da sua cabeça estivesse visível.

Os guardas não o notaram. Ele saiu de dentro do chão e foi passo a passo até a base da parede da fortaleza. Pressionou sua mão contra a pedra brilhante e teve a impressão de uma muralha rochosa longe dali, em outro lugar. Uma terra estranha, com notáveis plantas *verdes*. Ele arquejou, afastando bruscamente a mão.

Essas não eram pedras, mas os espíritos das pedras — como seu espírito de fogueira. Eles haviam sido trazidos ali e construídos na forma de um edifício. Subitamente ele não se sentiu tão inteligente por ter encontrado um bastão e um saco.

Ele tocou a pedra novamente, olhando para aquela paisagem verde. Era sobre isso que Mare havia falado, uma terra com um céu azul aberto. *Outro planeta*, constatou. *Um que não sofreu nosso destino.*

Por um momento ignorou a imagem daquele lugar, forçando os dedos através do espírito da pedra. Estranhamente, a rocha resistiu. Kelsier cerrou os dentes e pressionou com mais força. Conseguiu enfiar seus dedos cerca de cinco centímetros, mas não conseguiu que avançassem mais que isso.

É aquela luz, pensou. Ela o empurrava de volta. *Parece um pouco com a luz das almas.*

Bem, ele não podia passar pela parede. E agora? Recuou para as sombras para analisar a situação. Deveria tentar se esgueirar por um dos portões? Ele rodeou o edifício, contemplando-o por um curto período, antes de se sentir um tolo de repente. Avançou apressadamente até a parede de novo e pressionou a mão contra as pedras, afundando os dedos alguns centímetros dentro delas. Então estendeu a outra mão para cima e fez o mesmo.

Então passou a escalar a parede.

Embora sentisse falta de *puxar* aço, esse método provou ser bastante eficiente. Ele podia agarrar a parede basicamente em qualquer lugar que quisesse, e sua forma não tinha muito peso. Escalar era fácil, contanto que mantivesse a concentração. Essas imagens de uma terra com plantas verdes o distraíam muito. Nem uma pitada de cinza à vista.

Uma parte dele sempre considerara a flor de Mare uma história fantasiosa. E embora o lugar parecesse estranho, o atraía com sua beleza alienígena. Havia algo ali que era incrivelmente convidativo. Infelizmente, a parede ficava tentando cuspir seus dedos de volta, e manter sua pegada exigia um bocado de atenção. Ele continuou se movendo; poderia se deliciar naquela cena luxuosa de grama verde e colinas agradáveis em outra ocasião.

Em um dos níveis superiores havia uma janela grande o bastante para passar, o que era bom. Os guardas no topo da fortaleza teriam sido difíceis de driblar. Kelsier adentrou pela janela, chegando a um longo corredor de pedra iluminado pelas teias de aranha de poder cruzando as paredes, chão e teto.

A energia deve impedir as pedras de se evaporarem, pensou. Todas as almas que ele trouxera consigo haviam começado a se deteriorar, mas aquelas pedras eram sólidas e inteiras. Essas linhas minúsculas de poder estavam de algum modo sustentando os espíritos das pedras, e talvez, como efeito colateral, impedissem que pessoas como Kelsier atravessassem as paredes.

Ele se esgueirou pelo corredor. Não sabia ao certo o que estava procurando, mas não teria descoberto mais nada se ficasse sentado do lado de fora, esperando.

O poder que fluía por esse lugar continuava dando a ele visões de outro mundo — e, ele entendeu com desconforto, a energia parecia estar permeando seu ser. Misturando-se com a própria energia da sua alma, que já havia sido tocada pelo poder do Poço. Em alguns poucos momentos, ele havia começado a achar que o lugar com as plantas verdes parecia *normal*.

Ouviu vozes ecoando no corredor, falando em um idioma estranho com um tom anasalado. Preparado para isso, Kelsier saiu apressado por uma janela, e ficou pendurado ali, do lado de fora.

Dois guardas vieram apressadamente pelo corredor ao lado dele, e depois que passaram, ele espiou e viu que estavam usando longos tabardos branco-azulados, com piques nos ombros. Eles tinham peles claras e pareciam que poderiam ter vindo de um dos domínios — exceto pelo idioma estranho.

Eles falavam de modo enérgico, e enquanto as palavras passavam por ele, Kelsier pensou... Ele pensou que conseguia entender parte delas.

Sim. Eles falam o idioma dos campos abertos, das plantas verdes. De onde essas pedras vieram, e a fonte desse poder...

— ... é praticamente certo que ele viu alguém, senhor — um dos guardas estava dizendo.

As palavras soaram de modo estranho para Kelsier. Por um lado, sentia que elas *deveriam* ser indecifráveis. Por outro lado, ele instantaneamente soube o que elas significavam.

— Como um threnodita teria chegado até aqui? — O outro guarda se irritou. — Isso vai contra a razão, estou dizendo.

Eles passaram pelas portas do outro lado da sala. Kelsier escalou de volta para o corredor, curioso. Fora visto por um guarda lá fora, então? Isso não parecia ser um alarme geral, então se alguém o enxergara, o vislumbre havia sido breve.

Ele pensou em fugir, mas, em vez disso, decidiu seguir os guardas. Embora a maioria dos ladrões tentasse evitar guardas durante uma infiltração, a experiência de Kelsier mostrava que você geralmente iria querer segui-los — porque eles sempre ficavam perto das coisas que eram mais importantes.

Ele não sabia ao certo se podiam feri-lo de alguma maneira, embora achasse que era melhor não descobrir, então ficou atrás dos guardas a uma boa distância. Depois de seguirem por alguns corredores de pedra, chegaram a uma porta e entraram. Kelsier se aproximou sorrateiramente, entreabriu-a e foi recompensado com a visão de uma câmara maior onde um pequeno grupo de guardas estava preparando um estranho dispositivo. Uma gema amarela grande, do tamanho do punho de Kelsier, brilhava no centro, ainda mais luminosa do que as paredes. A gema estava cercada por uma treliça de metal dourado que a mantinha fixada. Era aproximadamente do tamanho de um relógio de mesa.

Kelsier se inclinou para a frente, escondido do lado de fora da porta. Aquela gema... aquilo devia valer uma *fortuna*.

Uma porta diferente para a sala — do lado oposto a ele — se abriu bruscamente, fazendo com que vários guardas se sobressaltassem e então fizessem uma saudação. A criatura que entrou parecia... bem, basicamente humana. Enrugada e ressecada, a mulher tinha lábios franzidos, era careca, e sua pele tinha um estranho tom prateado-escuro. Ela brilhava de modo tênue com a mesma luz branco-azulada das paredes.

— O que é isso? — disse bruscamente a criatura na linguagem das plantas verdes.

O capitão da guarda fez uma saudação.

— Provavelmente apenas um alarme falso, anciã. Maod disse que viu algo do lado de fora.

— Parecia uma figura, anciã — comentou outro guarda. — Eu mesmo a vi. Ela testou a parede, afundando seus dedos na pedra, mas foi rechaçada. Então ela recuou, e a perdi na escuridão.

Então ele *havia* sido visto. Droga. Pelo menos eles não pareciam saber que ele havia invadido o edifício.

— Bem, bem — disse a criatura anciã. — O que previ não parece tão tolo agora, parece, Capitão? Os poderes de Threnody desejam se juntar ao palco principal. Ative o dispositivo.

Kelsier teve uma imediata sensação de medo. Seja lá o que fosse o dispositivo, suspeitava de que não fosse algo bom para ele. Ele se virou para fugir a toda pelo corredor, indo em direção a uma das janelas. Atrás dele, a poderosa luz dourada da gema se apagou.

Kelsier não sentiu nada.

— Bem — disse o capitão lá de trás, com a voz ecoando. — Ninguém de Threnody está a um dia de marcha daqui. Parece que foi um alarme falso, afinal de contas.

Kelsier hesitou no corredor vazio. Então, cautelosamente, arrastou-se de volta para espiar dentro da sala. Os guardas e a criatura enrugada estavam ao redor do dispositivo, parecendo insatisfeitos.

— Eu não duvido da sua visão, anciã — continuou o capitão da guarda. — Mas eu *confio* nas minhas forças na fronteira Threnodita. Não há sombras aqui.

— Talvez — replicou a criatura, pousando os dedos sobre a gema. — Talvez houvesse alguém, mas o guarda estava errado em relação a ser uma Sombra Cognitiva. Mantenha os guardas em alerta e deixe o dispositivo ligado por via das dúvidas. Esse momento me parece oportuno demais para ser coincidência. Preciso falar com o resto do Ire.

Enquanto ela dizia a palavra, dessa vez Kelsier teve uma sensação do seu significado na linguagem das plantas verdes. Significava "idade" e ele teve uma súbita impressão de um símbolo estranho feito de quatro pontos e algumas linhas que se curvavam, como ondulações em um rio.

Kelsier sacudiu a cabeça, dispersando a visão. A criatura estava caminhando em sua direção. Ele se afastou apressadamente, mal alcançando uma janela e saindo antes que a criatura abrisse a porta e passasse pelo corredor.

Novo plano, decidiu Kelsier, pendurado do lado de fora da parede, sentindo-se completamente exposto. *Siga a senhora esquisita dando ordens.*

Ele deixou que a anciã ficasse a uma distância dele, então entrou no corredor e a seguiu em silêncio. Ela deu a volta no corredor externo da fortaleza antes de eventualmente chegar ao fim dele, onde parou diante de uma porta vigiada por guardas. Ela entrou, e Kelsier pensou por um momento, depois saiu por outra janela.

Ele precisava tomar cuidado; se os guardas acima já não estivessem vigiando de perto as paredes, eles logo estariam. Infelizmente, ele duvidava que pudesse passar por aquela entrada sem chamar a atenção de todos os guardas do local. Em vez disso, escalou o exterior da fortaleza até alcançar a janela seguinte além da porta vigiada. Essa era menor do que as outras por onde havia passado, mais como uma fenda para arqueiros do que realmente uma janela. Felizmente, ela dava para a sala onde a mulher estranha havia entrado.

No interior, um grupo inteiro de criaturas estava sentado, discutindo. Kelsier pressionou o corpo contra a fenda de uma janela, espiando para dentro, se agarrando precariamente à parede cerca de quinze metros no ar. Todos os seres tinham a mesma pele prateada, embora dois deles fossem um tom mais escuro que o resto. Era difícil distinguir entre indivíduos; eles eram tão velhos, os homens completamente calvos, as mulheres, quase. Cada um vestia a mesma túnica característica — branca, com um capuz que podia ser puxado para cobrir a cabeça e bordados prateados ao redor dos punhos.

Curiosamente, a luz das paredes era mais escura na sala. O efeito era particularmente notável perto do lugar onde uma das criaturas estava sentada ou de pé. Era como... se elas mesmas estivessem atraindo a luz.

Ele pelo menos foi capaz de identificar a mulher de antes, com seus lábios enrugados e dedos longos. Sua túnica tinha uma faixa mais espessa de prata.

— Precisamos acelerar nosso cronograma — dizia ela aos outros. — Não acredito que essa aparição seja coincidência.

— Bah — disse o homem sentado que segurava uma taça de líquido brilhante. — Você sempre se assusta com histórias, Alonoe. Nem toda coincidência é um sinal de que alguém está usando Fortuna.

— E você não concorda que é melhor tomar cuidado? — interpelou Alonoe. — Chegamos longe demais, trabalhamos duro demais, para deixar que o prêmio nos escape agora.

— O Receptáculo de Preservação *efetivamente* quase se esgotou — disse outra mulher. — Nossa janela para atacar está se aproximando.

— Um Fractal inteiro — disse Alonoe. — Nosso.

— E se foi um agente de Ruína que os guardas viram? — indagou o homem sentado. — E se nossos planos foram descobertos? O Receptáculo de Ruína pode ter seus olhos voltados para nós nesse exato momento.

Alonoe pareceu perturbada por isso e olhou para cima como que para procurar os olhos vigilantes do Fractal. Ela se recuperou, falando com firmeza.

— Vou correr o risco.

— Nós vamos atrair a raiva dele de qualquer modo — observou outro dos seres. — Se um de nós Ascender até Preservação, estaremos seguros. Só assim.

Kelsier ruminou isso enquanto as criaturas se calaram. *Então, mais alguém pode assumir o Fractal. Fumaça está quase morto, mas se alguém tomasse seu poder enquanto ele morresse...*

Mas Preservação não havia dito a Kelsier que tal coisa era impossível? *Você não seria capaz de usá-lo, de qualquer modo,* Preservação havia dito. *Não está Conectado o suficiente comigo.*

Ele havia visto aquilo agora em primeira mão, no espaço entre os momentos. Estariam aquelas criaturas de algum modo Conectadas o bastante a Preservação para que assumissem o poder? Kelsier duvidava disso. Então qual era o plano deles?

— Seguiremos em frente — disse o homem sentado, olhando para os outros. Um de cada vez, eles concordaram. — Que Devoção nos proteja. Nós seguiremos em frente.

— Você não vai precisar de Devoção, Elrao — retrucou Alonoe. — Você terá a *mim*.

Só por cima do meu cadáver, pensou Kelsier. Ou... bem, alguma coisa assim.

— O cronograma foi acelerado, então — disse Elrao, o homem com a taça. Ele bebeu o líquido brilhante, então se levantou. — Para o cofre?

Os outros assentiram. Eles deixaram a sala juntos.

Kelsier esperou até que se fossem, então tentou passar pela fresta da janela. Era pequena demais para uma pessoa, mas ele não era mais totalmente uma pessoa. Ele conseguiu se fundir alguns centímetros com a pedra, com seu esforço foi capaz de contorcer sua forma e se *espremer* pela fenda larga.

Por fim ele cambaleou para dentro da sala, ombros estalando de volta para sua forma anterior. A experiência o deixou com uma terrível enxaqueca. Ele se sentou de costas para a parede e esperou que a dor passasse antes de se levantar para saquear adequadamente a sala.

Não achou muita coisa. Umas poucas garrafas de vinho, um punhado de gemas deixadas casualmente em uma das gavetas. Ambos eram reais, não almas arrastadas para esse Reino.

A sala tinha uma porta que conduzia às partes internas da fortaleza, e assim, depois de dar uma espiada, ele se esgueirou para dentro. Era um quarto. Ele vasculhou as gavetas, descobrindo várias túnicas como aquelas que as pessoas enrugadas estavam vestindo. E então, em uma pequena mesa junto à lareira, a sorte grande: um livro de desenhos cheios de estranhos símbolos como aquele que ele havia visualizado. Símbolos que ele sentia, vagamente, que podia compreender.

Sim... Era escrita, embora a maior parte das páginas estivesse preenchida com termos que ele não chegava perto de compreender, mesmo quando começou a ser capaz de ler os próprios símbolos. Termos como "Adonalsium", "Conexão", "Reinos da Realidade".

As últimas páginas, contudo, descreviam a culminação das notas e desenhos. Um tipo de dispositivo arcano na forma de uma esfera. Era possível quebrá-la e absorver o poder que havia dentro dela, o que o Conectaria brevemente a Preservação — como as linhas que ele havia visto no espaço entre os momentos.

Era esse o plano deles. Viajar para o local da morte de Preservação, ficar a postos com esse dispositivo e absorver o seu poder — Ascendendo para assumir o lugar dele.

Ousado. Exatamente o tipo de plano que Kelsier admirava. E agora, ele sabia o que ia roubar deles.

3

O roubo era a forma mais autêntica de bajulação.

O que poderia ser mais satisfatório do que saber que as coisas que você possuía eram intrigantes, cativantes ou valiosas o bastante para provocar outro homem a arriscar tudo para obtê-las? Esse era o propósito da vida de Kelsier: lembrar às pessoas do valor das coisas que elas adoravam. Levando-as embora.

Agora ele não se importava com *pequenos* roubos. Sim, ele havia coletado as gemas que havia encontrado acima, mas foi mais por pragmatismo do que qualquer outra coisa. Desde os Fossos de Hathsin, não estivera interessado em roubar posses comuns.

Não, agora ele roubava algo muito maior. Kelsier roubava sonhos.

Ele se agachou do lado de fora da fortaleza, escondido entre dois picos de rocha negra retorcida. Agora compreendia o propósito de criar um edifício tão imponente, ali nos limites do domínio de Preservação e Ruína. Aquela fortaleza protegia um cofre, e dentro daquele cofre estava uma imensa oportunidade. A semente que transformaria uma pessoa, sob as circunstâncias certas, em um deus.

Chegar até lá era quase impossível. Eles teriam guardas, trancas, e dispositivos arcanos contra os quais não poderia se precaver ou planejar. Esgueirar-se e roubar aquele cofre testaria seus talentos ao máximo, e mesmo assim ele provavelmente falharia.

Ele decidiu não tentar.

Essa era a questão de cofres grandes e bem defendidos. Você não podia, realisticamente, deixar suas posses ali para sempre. Eventualmente teria que usar o que havia guardado — e isso dava a homens como Kelsier uma oportunidade. E então ele esperava, se preparava e planejava.

Levou mais ou menos uma semana — contando dias pelos turnos dos guardas —, mas enfim uma expedição partiu da fortaleza. A grandiosa procissão de vinte pessoas cavalgando e segurando lanternas.

Cavalos, pensou Kelsier, se esgueirando pelas trevas para acompanhar a procissão. *Eu não esperava por isso.*

Bem, eles não estavam se movendo muito rápido, mesmo com as montarias. Foi capaz de acompanhá-los com facilidade, particularmente porque ele não se cansava como quando era vivo.

Ele contou cinco dos anciões enrugados e uma força de 15 soldados. Curiosamente, cada um dos anciões estava vestido quase que da exata mesma maneira, em trajes similares com capuzes cobrindo os rostos e bolsas de couro nos ombros, no mesmo estilo dos alforjes em cada cavalo.

Distrações, constatou Kelsier. *Se alguém atacar, eles podem se dividir. Seu inimigo pode não saber qual deles seguir.*

Kelsier podia usar isso, sobretudo porque estava relativamente certo de quem carregava o dispositivo de Conexão. Alonoe, a mulher imperiosa que parecia estar no comando, não era do tipo que deixaria o poder escorregar pelos seus dedos magros. Ela pretendia se tornar Preservação; deixar um dos seus colegas carregar o dispositivo seria arriscado demais. E se algum deles tivesse ideias? E se eles mesmos usassem o dispositivo?

Não, ela tinha a arma consigo em algum lugar. A única questão era como tirá-la dela.

Kelsier esperou algum tempo. Dias de viagem através da paisagem escurecida, seguindo o ritmo da caravana enquanto planejava.

Havia três tipos básicos de roubo. O primeiro envolvia uma faca na garganta e uma ameaça sussurrada. O segundo envolvia furtos na calada da noite. E o terceiro... bem, esse era o favorito de Kelsier. Envolvia uma língua revestida com zinco. Em vez de uma faca era usada confusão, e em vez de espreita, funcionava abertamente.

O melhor tipo de roubo deixava seu alvo incerto de que havia acontecido realmente alguma coisa. Safar-se com o prêmio era muito bom, mas não significava muito se a guarda da cidade vinha bater na sua porta no dia seguinte. Ele preferia escapar com metade da quantia em boxes, mas com a confiança de que seu truque não seria descoberto durante semanas a fio.

E o *verdadeiro* troféu seria realizar um roubo tão inteligente que o alvo não descobriria que você havia roubado algo dele.

Cada "noite" da caravana tornava o acampamento uma ansiosa aglomeração de esteiras ao redor de uma fogueira muito parecida com a que estava na mochila de Kelsier. Os anciões retiraram suas jarras de luz, bebendo-as e restaurando a luminosidade de sua pele. Eles não conversavam muito; essas pessoas pareciam menos amigos e mais um grupo de nobres que se consideravam aliados por necessidade.

Logo depois de suas refeições a cada noite, os anciões se retiravam para suas esteiras. Eles postavam guardas, mas não dormiam em tendas. Por que precisariam de tendas ali? Não havia chuva da qual se proteger e praticamente não havia vento a bloquear. Só escuridão, plantas farfalhando e um homem morto.

Infelizmente, Kelsier não conseguiu descobrir uma maneira de chegar até a arma. Alonoe dormia com a bolsa nas mãos, vigiada por dois guardas. Toda manhã ela conferia para ter certeza de que a arma ainda estava ali. Kelsier conseguiu obter um vislumbre dela certa manhã e viu a luz brilhante no interior, deixando-o razoavelmente seguro de que a bolsa dela não era um truque.

Bem, o momento chegaria. Seu primeiro passo seria semear alguns falsos indícios. Ele esperou por uma noite apropriada, então desceu para dentro do chão, afundando sua essência sob a superfície. Então se moveu através da pedra. Era como nadar através de sujeira líquida muito espessa.

Ele chegou até onde Alonoe havia acabado de se instalar para dormir, deixou apenas os lábios fora do chão. *Dox teria tido um ataque de riso ao ver isso*, pensou Kelsier. Bem, Kelsier era arrogante demais para se preocupar com seu orgulho.

— Então — sussurrou ele para Alonoe no seu próprio idioma —, você tem a audácia de querer possuir o poder de Preservação. Acha que terá mais sucesso do que ele em resistir a mim?

Então afundou sob o chão. Era negro como a noite ali embaixo, mas pôde ouvir a batida de pés e gritos de choque devido ao que dissera. Ele nadou para longe, então levantou uma orelha para fora do chão.

— Era Ruína! — Alonoe estava dizendo. — Eu juro, deve ter sido o Receptáculo dele. Falando comigo.

— Então ele sabe — disse outro dos anciões.

Kelsier achava que era Elrao, o homem que a desafiara na fortaleza.

— As suas defesas deviam impedir isso! — reclamou Alonoe. — Você me disse que elas o impediriam de sentir o dispositivo!

— Há maneiras de ele saber de nós sem ter sentido o orbe, Alonoe — retrucou outra mulher. — Minha arte é precisa.

— Como ele nos encontrou não é o problema — disse Elrao. — A questão é por que ele não nos destruiu.

— O Receptáculo de Preservação ainda vive — disse a outra mulher, pensativa. — Isso pode estar impedindo a interferência direta de Ruína.

— Não estou gostando disso — declarou Elrao. — Acho que deveríamos voltar.

— Nós nos comprometemos — replicou Alonoe. — Vamos seguir adiante. Sem discussões.

A agitação no acampamento eventualmente se aquietou e os anciões voltaram às suas esteiras, embora um número maior de guardas permanecesse desperto do que de costume. Kelsier sorriu, então voltou a ficar junto da cabeça de Alonoe.

— Como você gostaria de morrer, Alonoe? — sussurrou para ela, então afundou sob a terra.

Dessa vez eles não voltaram a dormir. No dia seguinte foi um grupo de olhos vermelhos que partiu pela paisagem sombria. Naquela noite, Kelsier atiçou-os de novo. E de novo. Ele fez da semana seguinte um inferno para o grupo, sussurrando para membros diferentes, prometendo-lhes coisas horríveis. Ele estava bastante orgulhoso das várias maneiras que bolara para distrair, assustar e perturbar o grupo. Não teve uma chance de agarrar a bolsa de Alonoe — eles estavam ainda mais cuidadosos com o que possuíam. Ele conseguiu roubar outra das bolsas enquanto eles estavam desfazendo o acampamento certa manhã. Estava vazia, exceto por um orbe de vidro falso.

Kelsier continuou sua campanha de discórdia, e quando o grupo alcançou a selva de árvores estranhas, sua paciência já havia se desfeito. Eles brigavam uns com os outros e passavam menos tempo descansando a cada manhã ou noite. Metade do grupo estava convencida de que deveriam voltar, embora Alonoe insistisse que o fato de "Ruína" apenas *falar* com eles era prova de que não podia detê-los. Ela pressionou o grupo cada vez mais dividido para a frente, até as árvores.

Que era exatamente onde Kelsier queria que eles estivessem. Ficar à frente dos cavalos seria fácil nessa selva densa, por onde ele podia passar pela folhagem como se não estivessem ali. Ele seguiu em frente e preparou uma pequena surpresa para o grupo, então voltou para encontrá-los reclamando de novo. Perfeito.

Ele fez pressão para entrar em uma das árvores, mantendo apenas sua mão do lado de fora, escondida nas costas, segurando a faca que Nazh lhe dera. Enquanto a fileira de cavalos passava, ele estendeu a mão e cortou um dos animais no flanco.

A criatura soltou um grito de dor, e o caos irrompeu na fila. As pessoas perto da frente — seus nervos à flor da pele, devido a uma semana sendo atormentadas pelos sussurros de Kelsier — soltaram a rédea dos cavalos. Os soldados gritaram, avisando que estavam sob ataque. Os anciões conduziram suas montarias em direções diferentes, alguns desabando enquanto os animais tropeçavam nos arbustos.

Kelsier disparou pela selva, alcançando aqueles que estavam na frente. Alonoe conseguira manter seu cavalo sob controle, mas era ainda mais escuro nessas árvores do que no exterior, e as lanternas sacudiam violentamente enquanto os animais se moviam. Kelsier passou correndo por Alonoe até um ponto à frente onde havia pendurado sua capa entre duas árvores e a fixado com vinhas.

Ele escalou uma árvore e enfiou a mão na capa quando os que estavam na frente da fila — exausta e reduzida em números — chegaram. Havia amarrado sua fogueira dentro da capa e fez com que ela acendesse quando eles se aproximaram. O resultado foi uma figura de capa pegando fogo, aparecendo subitamente no ar acima do grupo já perturbado.

Eles gritaram, dizendo que Ruína os encontrara, e se dividiram, fugindo com seus cavalos em uma bagunça caótica — alguns seguindo numa direção, outros rumando para outra.

Kelsier se abaixou junto ao chão e se esgueirou pela escuridão, seguindo em paralelo a Alonoe e ao guarda que conseguiu permanecer com ela.

A mulher logo ficou com o cavalo preso em um emaranhado de arbustos. Perfeito. Kelsier se afastou e recuperou seus suprimentos, então vestiu uma das túnicas que havia achado na fortaleza. Ele correu pela vegetação, a túnica prendendo nas coisas, até que chegou perto o bastante para Alonoe ver.

Então ele se mostrou e a chamou, acenando com a mão. Pensando que havia encontrado um grupo maior da sua gente, ela e o guarda solitário trotaram os cavalos na direção dele. Isso, contudo, só serviu para afastá-los do resto do grupo. Kelsier a conduziu para mais longe dos outros, então se escondeu na escuridão, fazendo com que ela o perdesse e deixando a ela e o guarda isolados.

Dali ele se apressou pela mata escura até o resto do grupo, seu coração espectral batendo forte.

Isso. Ele *sentia falta* disso.

A trapaça. A empolgação de manipular pessoas como flautas, fazendo com que dessem voltas ao redor de si mesmas, dando nós em suas mentes. Ele seguiu apressado pela floresta, prestando atenção aos gritos de medo, aos soldados chamando uns aos outros, aos relinchos e gemidos dos cavalos. O trecho de vegetação densa havia se tornado uma discórdia demoníaca.

Ali perto, um dos homens enrugados estava reunindo soldados e seus colegas, dizendo para não perderem a cabeça, e conduzindo-os de volta na direção de onde vieram, talvez para se reagruparem com aqueles que se perderam quando a primeira fileira se dispersou.

Kelsier, ainda usando a túnica e usando a bolsa roubada sobre o ombro, se deitou no chão no caminho deles e esperou até que alguém o avistasse.

— Ali! — disse um guarda. — É...

Kelsier afundou no chão, deixando a túnica e a bolsa para trás. O guarda gritou ao ver um dos anciões aparentemente *derretendo* até o nada.

Kelsier se arrastou para fora do chão uma pequena distância depois, enquanto o grupo se reunia ao redor da túnica e da bolsa.

— Ela se *desintegrou*, ancião! — disse o guarda. — Vi com meus próprios olhos.

— Essa é uma das túnicas de Alonoe — sussurrou uma mulher, levando a mão ao peito, chocada.

Outros dos anciões olharam dentro da bolsa.

— Vazia — informou. — Misericordioso Domi... O que eles estavam pensando?

— Retornar — disse Elrao. — Retornar! Todo mundo, peguem seus cavalos! Estamos partindo. Maldita seja Alonoe e essa sua ideia!

Eles se foram em instantes. Kelsier andou pela floresta, ficando ao lado da túnica descartada — que eles haviam deixado — ouvindo o grosso da expedição fazendo um estardalhaço pela selva na sua pressa de escapar dele.

Ele sacudiu a cabeça, então fez uma pequena caminhada pelos arbustos até onde Alonoe e seu único guarda tentavam seguir os sons do grupo principal. Até que estavam fazendo um bom trabalho.

Quando a anciã não estava olhando, Kelsier agarrou o guarda pelo pescoço e o arrastou para a escuridão. O homem se debateu, mas Kelsier o pegou em uma chave rápida, nocauteando o homem sem muita dificuldade. Ele puxou o corpo para trás em silêncio, então retornou para encontrar a velha solitária de pé com uma lanterna na mão ao lado do seu cavalo, virando-se freneticamente.

A selva fora coberta por um silêncio sinistro.

— Olá? — chamou ela. — Elrao? Riina?

Kelsier esperou na sombra enquanto os chamados se tornavam cada vez mais desesperados. Eventualmente a voz da mulher cedeu. Ela se deixou cair na floresta, exausta.

— Deixe-o — sussurrou Kelsier.

Ela levantou seus olhos vermelhos, assustada. Anciã ou não, ela obviamente ainda podia sentir medo. Seus olhos disparavam de um lado para o outro, mas ele estava demasiadamente bem escondido para que ela pudesse encontrá-lo.

— *Deixe-o* — repetiu Kelsier.

Ele não precisou pedir de novo. Ela assentiu, tremendo, então pegou sua bolsa e a abriu, deixando cair um grande orbe de vidro. A luz que emanava dele era brilhante, e Kelsier teve que dar um passo para trás para que ele não o revelasse. Sim, havia poder naquele orbe, um grande poder. Estava cheio de um líquido brilhante que era muito mais puro, e muito mais brilhante, do que aquilo que os anciões costumavam beber.

Com a exaustão evidente em todos os seus movimentos, a mulher foi montar de novo seu cavalo.

— Ande — comandou Kelsier.

Ela olhou para a escuridão, procurando-o, mas não o viu.

— Eu... — disse ela, então lambeu os lábios enrugados. — Eu poderia servi-lo, Receptáculo. Eu...

— *Vá* — ordenou Kelsier.

Fazendo uma careta, ela soltou as bolsas da sela e jogou-as sobre o ombro de maneira letárgica. Ele não a deteve. Ela provavelmente precisava daquelas jarras de líquido brilhante para sobreviver, e ele não queria que ela morresse. Só queria que ela fosse mais lenta que seus companheiros. Quando ela os encontrasse, poderiam comparar histórias e perceber que haviam sido enganados.

Ou talvez não. Alonoe partiu pela selva. Com sorte, eles todos concluiriam que Ruína havia realmente os vencido. Kelsier esperou até que ela se fosse, então caminhou até o grande orbe de vidro e o pegou. Ele não exibia nenhuma maneira discernível de ser aberto, a não ser sendo despedaçado.

Segurou o orbe brilhante diante dele e o sacudiu, olhando para o incrível e hipnótico líquido dentro dele.

Fazia uma eternidade que não se divertia tanto assim.

PARTE SEIS
HERÓI

1

KELSIER correu por um mundo despedaçado. O problema já estava aparente no momento em que ele deixou o oceano, pisando de volta no terreno nebuloso que formava o Império Final. Ali ele havia encontrado os destroços de uma cidade costeira. Edifícios esmagados, ruas quebradas. A cidade inteira parecia ter *deslizado* para dentro do oceano, um fato que ele não foi capaz de compreender até que ficou acima da cidade e notou os restos sombrios de edifícios se destacando de uma ilha do oceano mais além da costa.

A partir dali, só piorou. Cidades vazias. Vastas pilhas de cinzas, que se manifestavam desse lado como colinas arredondadas que ele atravessava correndo antes de perceber o que elas eram.

Vários dias depois do início da sua corrida de volta, ele passou por uma pequena vila onde algumas almas brilhantes estavam encolhidas juntas em um edifício. Enquanto ele assistia, horrorizado, o telhado desabou, soterrando-os com cinzas. Os três brilhos se apagaram imediatamente, e as almas de três pálidos skaas apareceram no Reino Cognitivo, seus fios de ligação com o mundo físico cortados.

Preservação não apareceu para saudá-los.

Kelsier agarrou um deles, uma mulher idosa que, quando ele pegou a mão dela, teve um sobressalto e fitou-o com olhos arregalados.

— Senhor Soberano!

— Não — contestou Kelsier. — Mas chegou perto. O que está acontecendo?

Ela começou a se esticar para longe. Seus companheiros já haviam desaparecido.

— Está acabando... — sussurrou ela. — Tudo acabando...

E ela se foi. Kelsier ficou segurando ar vazio, perturbado.

Ele começou a correr de novo. Havia sentido culpa por deixar o cavalo para trás na floresta, mas certamente o animal estava melhor lá do que estaria aqui.

Era tarde demais? Preservação já estava morto?

Ele correu o máximo que pôde, o volume do orbe de vidro pesando na sua mochila. Talvez fosse a urgência, mas seu trajeto ficou ainda mais concentrado do que na viagem para o exterior. Não queria ver o mundo em colapso, a morte ao seu redor. Em comparação com aquilo, a exaustão da corrida era preferível, e assim ele a buscou, correndo até ficar esgotado.

Ele viajou por dias e dias. Semanas e mais semanas. Sem parar, sem olhar. Até que...

Kelsier.

Ele parou bruscamente em um campo de cinzas trazidas pelo vento. Ele teve a distinta impressão de bruma no mundo físico. Bruma brilhante. *Poder.* Ele não podia ver aquilo ali, mas podia sentir ao seu redor.

— Fumaça? — disse ele, levando uma das mãos à testa. Teria imaginado aquela voz?

Aquele caminho não, Kelsier, disse a voz, parecendo distante. Mas, sim, *era* Preservação. *Nós não estamos... não estamos... lá...*

O peso esmagador da fadiga atingiu Kelsier. Onde ele estava? Ele girou, procurando algum tipo de ponto de referência, mas eles eram difíceis de encontrar lá. As cinzas haviam soterrado os canais; ele se lembrava de, algumas semanas atrás, ter nadado pelo chão para encontrá-los. Ultimamente... ele só estava correndo...

— Onde? — quis saber. — Fumaça?

Tão... cansado...

— Eu sei — sussurrou Kelsier. — Eu sei, Fumaça.

Fadrex. Venha para Fadrex. Você está perto...

Cidade de Fadrex? Kelsier já estivera lá, na sua juventude. Ficava ao sul de...

Pronto. Ainda que mal fosse visível no Reino Cognitivo, ele identificou o pico sombreado do Monte Morag à distância. Aquela direção era o norte.

Deu as costas para a Montanha de Cinzas e correu com tudo que tinha. Pareceu um breve piscar de olhos antes que ele alcançasse a cidade e percebesse uma visão bem-vinda que aqueceu seu coração. Almas.

A cidade estava viva. Guardas nas torres e nas formações rochosas altas ao redor. Pessoas nas ruas, dormindo nas suas camas, entupindo os edifícios com uma bela e resplandecente luz. Kelsier caminhou pelos portões da cidade, adentrando uma cidade radiante e maravilhosa onde as pessoas ainda lutavam.

No calor daquele brilho, ele soube que não era tarde demais.

Infelizmente, não era só sua atenção que estava concentrada ali. Ele havia resistido a olhar para cima durante sua corrida, mas não pôde deixar de fazê-lo agora, confrontando a massa fervilhante e ardente. Formas como serpentes negras coleavam uma sobre a outra, estendendo-se até o horizonte em todas as direções. Ele estava assistindo. Ele estava ali.

Então onde estava Preservação? Kelsier caminhou pela cidade, curtindo a presença de outras almas, recuperando-se da corrida prolongada. Parou em uma esquina, então identificou uma coisa. Uma minúscula linha de luz, como um fio de cabelo muito longo, perto do seu pé. Ele se ajoelhou, tangendo o fio, e descobriu que ele se esticava por todo o caminho ao longo da rua — impossivelmente fino, com um brilho tênue, mas forte demais para que ele pudesse rompê-lo.

— Fumaça? — disse Kelsier, seguindo o fio, descobrindo onde ele se conectava com outro. Parecia uma treliça que havia se espalhado por toda a cidade.

Sim. Eu... Eu estou tentando...

— Bom trabalho.

Eu não posso falar com eles... disse Fumaça. *Estou morrendo, Kelsier...*

— Aguente aí — respondeu Kelsier. — Encontrei uma coisa; está aqui na minha mochila. Eu a tomei daquelas criaturas que você mencionou. O Eyree.

Eu não estou sentindo nada, disse Fumaça.

Kelsier hesitou. Ele não queria revelar o objeto a Ruína. Em vez disso, pegou o fio, que era folgado o bastante para enfiá-lo na mochila e pressioná-lo contra o orbe.

— Que tal isso?

Ahh... Sim...

— Isso pode ajudar você de alguma maneira?

Não, infelizmente.

Kelsier sentiu o coração afundar ainda mais.

O poder... o poder é dela... Mas Ruína a possui, Kelsier. Eu não posso... Não posso entregá-lo...

— Dela? — indagou Kelsier. — Vin? Ela está aqui?

O fio vibrava nos dedos de Kelsier como a corda de um instrumento. Ondas o percorriam, vindas de alguma direção.

Kelsier as seguiu, notando novamente como Preservação havia coberto essa cidade com sua essência. Talvez houvesse compreendido que, já que seria sacrificado de qualquer modo, deveria se tornar um cobertor de proteção.

Preservação o conduziu até uma pequena praça cheia de almas brilhantes e pedaços de metal nas paredes. Eles brilhavam tão forte, particularmente em contraste com a escuridão dos seus meses sozinhos. Será que uma dessas almas era Vin?

Não, eram mendigos. Kelsier se moveu entre eles, sentindo suas almas nas pontas dos dedos, captando vislumbres deles no outro Reino. Encolhidos nas cinzas, tossindo e tremendo. Os homens e mulheres caídos do Império Final, as pessoas que até os skaas comuns costumavam ignorar. Apesar de todos os seus planos grandiosos, ele não havia melhorado as vidas dessas pessoas, havia?

Ele parou onde estava.

Aquele último mendigo, sentado contra um muro de tijolos... havia alguma coisa nele. Kelsier recuou, tocando a alma do mendigo novamente, tendo uma visão de um homem com mãos e rosto envoltos em curativos, com o cabelo aparecendo por baixo. Cabelo de um branco puro, um fato que não era devidamente escondido pelas cinzas que o mendigo havia esfregado nele.

Kelsier sentiu um choque súbito, uma *estaca* dolorosa que correu dos seus dedos até sua alma. Ele saltou de volta enquanto o mendigo olhava na sua direção.

— Você! — exclamou Kelsier. — Andarilho!

O mendigo mudou de posição onde estava, mas então olhou para outra direção, vasculhando a praça.

— O que você está fazendo aqui? — interpelou Kelsier.

A figura brilhante não respondeu.

Kelsier sacudiu a mão de um lado para o outro, tentando se livrar da dor. Seus dedos estavam efetivamente *entorpecidos*. O que havia sido aquilo? E como o Andarilho de cabelos branco conseguira afetá-lo *nesse* Reino?

Uma pequena figura brilhante pousou em um telhado próximo.

— Ah, *inferno* — praguejou Kelsier, olhando de Vin para o Andarilho.

Ele respondeu imediatamente, jogando-se rumo à parede do edifício e escalando desesperadamente até chegar ao lado de Vin.

— Vin. Vin, fique *longe* daquele homem.

Naturalmente, gritar era inútil. Ela não podia ouvi-lo.

Ainda assim, Kelsier a agarrou pelos ombros, vendo-a no Reino Físico. Quando ela havia se tornado tão confiante, tão experiente? Aqueles ombros dela antes se encolhiam, mas agora passavam a postura de uma mulher totalmente no controle. Aqueles olhos que antes se arregalavam de espanto agora se estreitavam com uma aguda percepção. Seu cabelo estava mais longo, mas seu porte franzino de algum modo parecia muito mais *poderoso* do que quando ele a vira pela primeira vez.

— Vin — disse Kelsier. — Vin! Escute, por favor. Aquele homem é encrenca certa. Não se aproxime dele. Não...

Vin inclinou a cabeça para o lado, então pulou do telhado, *para longe* do Andarilho.

— Inferno — disse Kelsier. — Ela realmente me escutou?

Ou havia sido uma coincidência? Kelsier saltou atrás de Vin, jogando-se de qualquer jeito do edifício. Ele não tinha Alomancia, mas era leve, e podia cair sem se machucar. Ele pousou suavemente e correu pelo chão flexível, seguindo Vin o melhor que podia, correndo *através* de edifícios, ignorando paredes, tentando permanecer próximo. Ainda assim, ela estava na dianteira.

Kelsier... a voz de Preservação sussurrou para ele.

Alguma coisa vibrava através dele, um impulso familiar de poder, um calor interno. Isso o lembrou de como era queimar metais. A própria essência de Preservação, concedendo-lhe seu poder.

Ele correu mais rápido, saltou mais longe. Não era Alomancia de verdade, mas sim algo mais bruto e primordial. A energia crescia através de Kelsier, aquecendo sua alma, permitindo que alcançasse Vin — que havia parado na rua diante de um edifício grande. Logo depois que ele a alcançou, ela partiu novamente pela rua, mas dessa vez Kelsier conseguiu acompanhá-la, por pouco.

E Vin sabia que ele estava ali. Kelsier podia sentir na maneira como ela saltava, tentando despistar um perseguidor, ou pelo menos identificar um. Ela era boa, mas esse era um jogo que ele já jogava há décadas antes de ela nascer.

Ela *podia* senti-lo. Por quê? Como?

Vin acelerou e ele seguiu, com dificuldade. Seus movimentos eram desajeitados; Preservação o estava empurrando, mas ele não tinha a sofisticação da verdadeira Alomancia. Ele não podia *empurrar* ou *puxar*; ele só saltava, agarrando-se nas paredes sombreadas dos edifícios, então se jogando para fora em saltos discretos.

Ainda assim, ele sorria de orelha a orelha. Não havia percebido o quanto sentia falta de treinar com Vin nas brumas, competindo contra outro Nascido da Bruma, assistindo à sua protegida avançar rumo à excelência. Ela era boa agora, até mesmo fantástica. Era notável como julgava a força de cada *empurrão*, como equilibrava seu próprio peso contra suas âncoras.

Isso era energia, isso era empolgação. Ele quase se esqueceu dos problemas que estava encarando. Isso quase era suficiente. Se pudesse dançar nas brumas com Vin à noite, então descobrir uma maneira de recapturar sua vida no Reino Físico poderia não importar tanto.

Eles chegaram a uma interseção e se voltaram para o perímetro da cidade. Vin pulava à frente em linhas de aço; Kelsier atingiu o chão, vibrando com o poder de Preservação, e se preparou para saltar.

Alguma coisa desceu sobre ele. Um negrume de espinhos cortantes, de pernas de aranha arranhando o ar, de bruma negra como piche.

— Ora — disse Ruína de todos os lados. — Ora, ora. Kelsier? Como foi que não vi você mais cedo?

O poder o sufocou, empurrando-o para o chão. À frente, uma pequena figura pulava atrás de Vin, criada com a mesma bruma negra e pulsando com um ritmo similar ao que Kelsier havia exibido. Algum tipo de cópia.

Como ele fez antes, pensou Kelsier. *Imitando Fumaça para enganar Vin.* Ele lutou, frustrado, contra aquilo que o prendia.

Preservação, por sua vez, ganiu como uma criança na mente de Kelsier, então se afastou dele. O poder caloroso sumiu de dentro de Kelsier. Curiosamente, enquanto o poder diminuía, o mesmo acontecia com a capacidade de Ruína de prender Kelsier no chão. A força de Ruína se tornou menos opressiva, e Kelsier foi capaz de se levantar com esforço e atravessar o véu de brumas afiadas, cambaleando até a rua.

— Onde você *esteve*? — perguntou Ruína.

O poder por trás de Kelsier se condensou, tomando a forma do homem que ele havia visto antes, com o cabelo vermelho. Os movimentos por baixo da pele do homem estavam mais contidos dessa vez.

— Por aí — disse Kelsier, dando uma olhada para Vin. Ele nunca a alcançaria agora. — Pensei em olhar a paisagem. Descobrir o que a morte tem a oferecer.

— Ah, que modesto. Você visitou o Ire? E foi rejeitado por eles, imagino. Sim, dá para deduzir isso. O que quero saber é por que você voltou. Pensei que certamente fugiria. Sua parte nisso acabou; você fez o que eu precisava que fizesse.

Kelsier pousou sua mochila, torcendo para manter escondido o orbe de luz no seu interior. Ele avançou, andando ao redor da manifestação de Ruína.

— Minha parte?

— O Décimo Primeiro Metal — disse Ruína, achando graça. — Você acha que isso foi uma coincidência? Uma história que ninguém mais havia escutado, uma maneira secreta de matar um imperador imortal? Isso caiu bem no seu colo.

Kelsier não se deixou abalar por isso. Ele já havia deduzido que Gemmel fora tocado por Ruína, que o próprio Kelsier fora um peão da criatura. *Mas por que Vin pôde me escutar?* O que ele estava deixando passar? Ele olhou de novo na direção de Vin.

— Ah — disse Ruína —, a menina. Você ainda acha que ela vai me derrotar, então? Mesmo depois de ela me libertar?

Kelsier girou na direção de Ruína. Droga. O quanto aquela criatura sabia? Ruína sorriu e se aproximou de Kelsier.

— Deixe Vin em paz — sibilou Kelsier.

— Deixá-la em paz? Ela é minha, Kelsier. Assim como você. Conheço aquela menina desde o dia do seu nascimento e a estive preparando por um tempo ainda mais longo.

Kelsier cerrou os dentes.

— Que bonitinho — disse Ruína. — Você realmente pensou que tudo isso fosse ideia sua, não foi? A queda do Império Final, o fim do Senhor Soberano... recrutar Vin em primeiro lugar?

— Ideias nunca são originais — replicou Kelsier. — Só uma coisa é.

— E o que seria essa coisa?

— Estilo — respondeu Kelsier.

Então ele socou Ruína na cara.

Ou tentou. Ruína evaporou enquanto seu punho fechava, e uma cópia dele se formou ao lado de Kelsier um momento depois.

— Ah, Kelsier — disse ele. — Isso foi prudente?

— Não — disse Kelsier. — Foi apenas temático. Deixe-a em paz, Ruína.

Ruína sorriu para ele como se sentisse pena, então mil espinhos negros, finos e afiados como agulhas surgiram do corpo da criatura, rasgando a túnica que formava sua roupa. Eles perfuraram Kelsier como lanças, rasgando sua alma, trazendo uma onda de dor ofuscante.

Ele gritou, caindo de joelhos. Era como o esticamento que sentiu quando chegou naquele lugar, só que *forçado, intrusivo*.

Ele caiu no chão, sofrendo espasmos, sua alma deixando vazar fios de bruma. Os espinhos se foram, assim como Ruína. Mas, naturalmente, a criatura nunca partia *de verdade*. Ela assistia daquele céu ondulante, cobrindo tudo.

Nada pode ser destruído, Kelsier, a voz de Ruína sussurrou, invadindo diretamente seu cérebro. *Isso é algo que os humanos não compreendem. Todas as coisas simplesmente mudam, se desfazem, se transformam em algo novo... algo perfeito. Preservação e eu, nós somos dois lados da mesma moeda, na verdade. Pois quando eu terminar, ele finalmente terá a quietude que deseja, sua imutabilidade. E não haverá nada, corpo ou alma, para perturbá-la.*

Kelsier inspirou e expirou, usando movimentos familiares de quando estava vivo para se acalmar. Finalmente grunhiu e rolou até ficar de joelhos.

— Você mereceu isso — observou Preservação, com a voz distante.

— Claro que mereci — replicou Kelsier, levantando-se aos tropeços. — Valeu a pena tentar mesmo assim.

2

Nos dias seguintes, Kelsier tentou reproduzir seu sucesso em fazer com que Vin o escutasse. Infelizmente, agora Ruína o estava vigiando. Toda vez que Kelsier se aproximava, Ruína interferia, cercando-o, contendo-o. Sufocando-o com fumaça negra e o expulsando.

Ruína parecia achar graça em manter Kelsier ao redor da periferia do acampamento de Vin fora de Fadrex, e não o mandou embora. Mas sempre que Kelsier tentava falar diretamente com ela, Ruína o punia. Como um pai dando um tapa na mão de uma criança que se aproximava demais do fogo.

Isso o deixava furioso, ainda mais devido ao modo como as palavras de Ruína o espicaçavam. Tudo que Kelsier havia realizado fora apenas parte do grande plano dessa *criatura* para ser livre. E a criatura tinha algum tipo de poder sobre Vin. Ruína podia aparecer para ela, algo reforçado pela maneira como ele a conduziu para longe do campo certo dia, em um movimento súbito que confundiu Kelsier.

Ele tentou segui-la, correndo atrás do fantasma que Ruína havia feito. Ele saltava como um Nascido da Bruma, e Vin o seguiu, obviamente convencida de que havia descoberto um espião. Eles deixaram o acampamento para trás.

Kelsier desacelerou, sentindo-se inútil, parado no chão nebuloso fora da cidade e contemplando-os desaparecer à distância. Ela podia sentir aquela coisa, e enquanto ela estivesse ali, ocultava Kelsier. Ele nunca seria capaz de falar com Vin.

O motivo de Ruína para levar Vin embora logo se tornou evidente. Alguma coisa lançou um ataque contra o exército de koloss de Vin e Elend. Kelsier descobriu isso devido à agitação do acampamento e foi capaz de alcançar a cena mais rápido do que as pessoas no Reino Físico. Parecia que equipamento de cerco havia sido levado até um penhasco acima de onde os koloss acamparam.

Choveu morte sobre as feras. Kelsier não pôde fazer nada além de assistir enquanto o ataque súbito matava milhares deles. Não conseguia sentir pena verdadeira quando os koloss eram destruídos, mas parecia um desperdício.

Os koloss esbravejavam de frustração, incapazes de alcançar seus inimigos. Curiosamente, suas almas começaram a aparecer no Reino Cognitivo.

E elas eram humanas.

Não eram realmente koloss, mas *pessoas* vestidas em uma variedade de trajes. Muitos eram skaas, mas também havia soldados, comerciantes e até mesmo membros da nobreza entre eles. Tanto homens quanto mulheres.

O queixo de Kelsier caiu. Ele nunca soubera ao certo o que eram os koloss, mas não havia esperado isso. Pessoas comuns, de algum modo transformadas em feras? Ele foi apressadamente até o meio das almas moribundas enquanto sumiam.

— O que aconteceu com você — indagou ele a uma mulher. — Como isso aconteceu com você?

Ela o fitou com um ar de perplexidade.

— Onde — disse ela —, onde estou?

Em um instante ela se foi. Aparentemente, a transição havia sido chocante demais. Os outros mostravam uma confusão similar, estendendo suas mãos como se estivessem surpresos ao se descobrirem humanos novamente — embora uma boa quantidade deles parecesse aliviada. Kelsier assistiu enquanto milhares daquelas figuras apareciam, depois se desvaneciam. Era um massacre do outro lado, pedras sendo jogadas para todos os lados. Uma delas passou direto através de Kelsier antes de rolar para longe, fraturando corpos.

Ele podia usar isso, mas precisaria de algo específico. Não um camponês skaa, ou mesmo um lorde ardiloso. Ele precisava de alguém que...

Ali.

Ele disparou através dos espíritos que sumiam e se desviou entre as almas brilhantes de criaturas que ainda não estavam mortas, indo rumo a um espírito específico que acabara de aparecer. Careca, com tatuagens ao redor dos olhos. Um obrigador. Esse homem parecia menos surpreso pelos eventos e mais resignado. Quando Kelsier chegou, o obrigador magricela estava começando a se esticar para sumir.

— Como? — interpelou Kelsier, contando com o fato de que o obrigador saberia mais sobre os koloss. — Como isso aconteceu com você?

— Eu não sei — respondeu o homem.

Kelsier sentiu o coração afundar.

— As feras — continuou o homem — deveriam saber que não se toma um obrigador! Eu era o guardião delas, e fizeram isso comigo? Esse mundo está arruinado.

Deveriam saber? Kelsier agarrou o ombro do obrigador enquanto o homem se estendia para o nada.

— Como? Por favor, *como* isso é feito? Como homens se tornam koloss?

O obrigador olhou para ele e, desaparecendo, disse uma palavra:

— Estacas.

Kelsier ficou boquiaberto novamente. Ao redor dele na planície nebulosa, almas brilhavam intensamente, relampejavam, e eram jogadas nesse Reino — antes de finalmente sumir no nada. Como fogueiras humanas sendo extintas.

Estacas. Como estacas de Inquisidor?

Ele caminhou até os cadáveres caídos dos mortos e se ajoelhou, inspecionando-os. Sim, ele podia ver agora. Metal brilhava desse lado, e entre os cadáveres havia pequenas estacas — como brasas, pequenas, mas brilhando intensamente.

Elas eram muito mais difíceis de ver nos koloss vivos, devido à maneira como a alma ardia, mas pareceu-lhe que as estacas perfuravam até a alma. Era esse o segredo? Ele gritou para um par de koloss, e eles o olharam, então procuraram ao redor, confusos.

As estacas os transformam, pensou Kelsier, *como Inquisidores. É assim que são controlados? Através de perfurações na alma?*

E os loucos? As suas almas estavam rachadas, permitindo algo similar? Perturbado, ele deixou o campo e seus mortos, embora a batalha — ou melhor, a chacina — parecesse estar terminando.

Kelsier cruzou o campo nublado fora de Fadrex, então esperou ali sozinho, longe das almas dos homens, até que Vin retornou, seguida por uma sombra que ela não parecia saber que estava lá dessa vez. Ela passou, então desapareceu no acampamento.

Kelsier se acomodou junto a uma das pequenas gavinhas de Preservação, e o tocou.

— Ele tem seus dedos em tudo, não tem, Fumaça?

— Sim — concordou Preservação, com uma voz frágil, baixinha. — Veja.

Algo apareceu na mente de Kelsier, uma sequência de imagens: Inquisidores prestando atenção com as cabeças voltadas para a voz de Ruína. Vin na sombra da criatura. Um homem que ele não conhecia sentado sobre um trono em chamas e fitando Luthadel, com um sorriso retorcido nos lábios.

Então, o pequeno Lestibournes. Fantasma usava uma capa queimada que parecia grande demais para ele, e Ruína estava espreitando ali perto, sussurrando com a *própria voz* de Kelsier no ouvido do pobre rapaz.

Depois dele, Kelsier viu Marsh de pé entre as cinzas que caíam, os olhos perfurados por estacas fitando sem ver através da paisagem. Ele não parecia estar se movendo; as cinzas estavam se acumulando nos seus ombros e cabeça.

Marsh... Ver seu irmão daquele jeito deixou Kelsier enjoado. O plano de Kelsier havia exigido que Marsh se unisse aos obrigadores. Ele deduziu o que devia ter acontecido depois. A Alomancia de Marsh havia sido notada, assim como a maneira ardente como vivia.

Paixão e cuidado. Marsh nunca havia sido tão hábil quanto Kelsier. Mas ele sempre, *sempre* fora um homem melhor.

Preservação mostrou-lhe dezenas de outros, na maior parte pessoas no poder conduzindo seus seguidores à perdição, rindo e dançando enquanto as cinzas se empilhavam bem alto e as colheitas murchavam nas brumas. Cada um deles era uma pessoa perfurada por metal ou influenciada por pessoas ao seu redor que eram perfuradas por metal.

Ele deveria ter feito a conexão lá no Poço da Ascensão, quando vira nos pulsos que Ruína podia falar com Marsh e os outros Inquisidores.

Metal. Isso era a chave para tudo.

— Tanta destruição — sussurrou Kelsier para as visões. — Não podemos sobreviver a isso, podemos? Mesmo se detivermos Ruína, estamos condenados.

— Não — disse Preservação. — Não condenados. Lembre-se... esperança, Kelsier. Você disse, eu... eu... sou...

— Eu sou a esperança — sussurrou Kelsier.

— Não posso salvá-lo. Mas precisamos confiar.

— Em quê?

— No homem que eu era. No... plano... o sinal... e o Herói...

— Vin. Ele a possui, Fumaça.

— Ele não sabe tanto quanto pensa — sussurrou Preservação. — Essa é a fraqueza dele. A... fraqueza... de todos os homens espertos...

— Exceto eu, é claro.

Preservação ainda tinha energia suficiente para dar uma risada ao ouvir isso, o que fez algum bem a Kelsier. Ele se levantou, sacudindo a poeira das roupas. O que era um tanto inútil, já que não havia poeira ali — muito menos roupas de verdade.

— Vamos lá, Fumaça, quando foi que você me viu estar errado?

— Bem, teve aquelas...

— Essas não contam. Eu ainda não era totalmente eu mesmo nessa época.

— E... quando você se tornou... totalmente você mesmo?

— Só agora — disse Kelsier.

— Você pode... você pode usar essa desculpa... a qualquer hora...

— Agora você está entendendo, Fumaça. — Kelsier pôs as mãos nos quadris. — Podemos usar o plano que você colocou em ação quando estava são, hein? Tudo bem, então. Como posso ajudar?

— Ajudar? Eu... Eu não...

— Não, seja decisivo. Ousado! Um bom líder de bando sempre tem certeza de si mesmo, mesmo quando não tem. *Especialmente* quando não tem.

— Isso não faz... sentido...

— Eu estou morto. Não preciso mais fazer sentido. Ideias? Você é o líder do bando agora.

— ... Eu?

— Claro. É o seu plano. Você está no comando. Quero dizer, você *é* um deus. Isso deve contar alguma coisa, imagino.

— Obrigado por... finalmente... reconhecer isso...

Kelsier deliberou, então pousou sua mochila no chão.

— Tem certeza de que isso não pode ajudar? Ele constrói vínculos entre pessoas e deuses. Achei que poderia curar você ou algo assim.

— Ah, Kelsier — disse Preservação. — Eu disse a você que já estou morto. Você não pode... me salvar. Salve meu... sucessor em vez disso.

— Então darei para Vin. Isso ajudaria?

— Não. Você deve dizer... a ela. Você pode alcançar... pelos buracos nas almas... quando eu não posso. Diga a ela que não deve confiar... perfurados por metal. Você deve libertá-la para assumir... meu poder. Todo ele.

— Certo — disse Kelsier, guardando o globo de vidro. — Libertar Vin. Fácil.

Ele só precisava encontrar uma maneira de passar por Ruína.

3

— Então, Midge — sussurrou Kelsier ao homem que cochilava. — Você entendeu?

— Missão... — murmurou o soldado desleixado. — Sobrevivente...

— Você não pode confiar em ninguém perfurado por metal — disse Kelsier. — Diga isso a ela. Essas exatas palavras. É uma missão para você do Sobrevivente.

O homem despertou com uma fungada; ele deveria estar de vigia, e se levantou desajeitadamente enquanto seu substituto se aproximava. Kelsier fitou os seres brilhantes, ansioso. Ele levara dias preciosos — durante os quais Ruína o mantivera longe de Vin — para procurar alguém no exército que fosse ruim da cabeça, alguém com a alma típica da loucura.

Não era que eles estivessem quebrados, como ele achara antes. Só estavam... abertos. Esse homem, Midge, parecia perfeito. Ele respondeu às palavras de Kelsier, mas não estava tão desequilibrado a ponto de os outros ignorá-lo.

Kelsier seguiu Midge ansiosamente pelo acampamento até uma das fogueiras de refeições, onde Midge começou a conversar animadamente com os outros ali.

Diga a eles, pensou Kelsier. *Espalhe a notícia pelo acampamento. Faça Vin saber disso.*

Midge continuou falando. Outros se levantaram ao redor da fogueira. Eles estavam prestando atenção! Kelsier tocou Midge, tentando escutar o que ele estava dizendo. Contudo, ele não conseguiu, até que um fio de Preservação o tocou — então as palavras começaram a vibrar através da sua alma, levemente audíveis aos seus ouvidos.

— É isso mesmo — dizia Midge. — Ele falou comigo. Disse que sou especial. Disse que a gente não deve confiar em nenhum de vocês. Eu sou sagrado, e vocês num são.

— O quê? — Kelsier se irritou. — Midge, seu *idiota.*

A partir daí, a coisa foi ladeira abaixo. Kelsier recuou enquanto os homens ao redor da fogueira batiam boca e começavam a se empurrar, então começou uma briga de verdade. Suspirando, Kelsier se acomodou na sombra nebulosa de um rochedo e viu vários dias de trabalho se evaporarem.

Alguém pôs a mão no seu ombro, e ele olhou de relance para Ruína, que havia aparecido ali.

— Cuidado — disse Kelsier —, você vai sujar minha camisa com *você.*

Ruína deu uma risadinha.

— Fiquei preocupado em deixá-lo sozinho, Kelsier. Mas parece que você tem me servido bem mesmo na minha ausência. — Um dos brigões deu um soco na cara de Demoux, e Ruína fez uma careta. — Legal.

— Precisa usar mais impulso — murmurou Kelsier. — Você tem que realmente se comprometer com um soco.

Ruína abriu um sorriso de sabichão, profundo e insuportável. *Inferno,* pensou Kelsier. *Espero que eu não pareça assim para os outros.*

— Você já deve ter entendido a essa altura, Kelsier — disse Ruína —, que tudo que você fizer, eu vou anular. A luta só serve à Ruína.

Elend Venture chegou ao local, deslizando em um *puxão* de aço que deu inveja a Kelsier, com uma aparência apropriadamente majestosa. Aquele garoto havia se tornado mais homem do que Kelsier jamais imaginara ser possível. Apesar daquela barba ridícula.

Kelsier franziu o cenho.

— Onde está Vin?

— Hm? — disse Ruína. — Ah, estou com ela.

— Onde? — Kelsier quis saber.

— Longe. Onde posso tê-la à mão. — Ele se inclinou junto de Kelsier. — Bom trabalho perdendo tempo com o maluco. — Ele desapareceu.

Eu absolutamente odeio aquele homem, pensou Kelsier. Ruína... ele não era mais impressionante, lá no fundo, do que Preservação. *Inferno, sou melhor nesse negócio de deus do que ele*s, pensou. Pelo menos ele havia inspirado pessoas.

Incluindo Midge e o resto dos brigões, infelizmente. Kelsier se levantou da pedra e finalmente reconheceu um fato que quis evitar. Ele não podia fazer nada ali, não com Ruína tão concentrado em Vin e Elend naquele momento. Kelsier precisava ir até outra pessoa. Sazed, talvez? Ou quem sabe Marsh. Se ele conseguisse se comunicar com seu irmão enquanto Ruína estivesse distraído...

Ele teria que torcer para que as proteções naquele orbe o ocultassem dos olhos do deus tenebroso, como haviam feito quando Kelsier chegara a Fadrex. Ele precisava deixar esse lugar, dar no pé, fazer com que Ruína perdesse o interesse nele e então tentar entrar em contato com Marsh ou Fantasma, e fazer com que ele desse um recado para Vin.

Ele sofreu por deixá-la para trás nas garras de Ruína, mas não havia mais nada que ele pudesse fazer.

Kelsier partiu naquela mesma hora.

4

KELSIER não estava em nenhum lugar específico quando Deus finalmente morreu.

Ele não podia identificar o local. Nenhuma cidade por perto, pelo menos nenhuma que não houvesse sido soterrada por cinzas. Ele pretendera seguir para Luthadel, mas com todos os pontos de referência encobertos — e sem sol para guiá-lo — não sabia ao certo qual era a direção correta.

A terra tremeu, o chão nebuloso balançando. Kelsier parou onde estava, olhando para o céu, de início esperando que Ruína estivesse causando esse tremor.

Então ele sentiu. Talvez fosse a pequena Conexão que tinha com Preservação devido ao seu tempo no Poço da Ascensão. Ou talvez fosse o pedaço dentro dele que o deus havia colocado, o pedaço dentro de todos eles. A luz da alma.

Seja qual fosse o motivo, Kelsier sentiu o fim como um suspiro longo e demorado. Isso fez um arrepio correr na sua espinha, e ele se apressou em encontrar um fio de Preservação. Eles estavam por todo o chão mais cedo na sua viagem, mas agora não encontrou nada.

— Fumaça! — gritou ele. — Preservação!

Kelsier... A voz vibrou através dele. *Adeus.*

— Inferno, Fumaça — disse Kelsier, vasculhando o céu. — Sinto muito. Eu... — Ele engoliu em seco.

Estranho, disse a voz. *Depois de todos esses anos aparecendo para os outros quando eles morriam, nunca imaginei... que minha própria passagem seria tão fria e solitária...*

— Estou aqui para você — disse Kelsier.

Não. Você não esteve. Kelsier, ele está dividindo o meu poder. Ele o está despedaçando. Ele vai sumir... Fragmentado... ele vai destruí-lo.

— O inferno que ele vai — retrucou Kelsier, deixando cair sua mochila. Ele enfiou a mão no interior dela, agarrando o orbe brilhante cheio de líquido.

Isso não é para você, Kelsier, disse Preservação. *Não é seu. Pertence a outro.*

— Vou levá-lo até ela — disse Kelsier, pegando a esfera.

Ele respirou fundo, então usou a faca de Nazh para esmagar o orbe, respingando seu braço e corpo com o líquido brilhante.

Linhas como fios irromperam dele. Brilhantes, refulgentes, como as linhas de *queimar* ferro ou aço, só que elas apontavam para tudo.

Kelsier! disse Preservação, sua voz se fortalecendo. *Faça melhor do que fez antes! Eles chamaram você de deus deles, e você foi descuidado com a fé deles! Os corações dos homens NÃO SÃO SEUS BRINQUEDOS.*

— Eu... — Kelsier umedeceu os lábios. — Eu compreendo. Meu Senhor.

Faça melhor, Kelsier, comandou Preservação, sua voz sumindo. *Se o fim chegar, leve-os para debaixo do solo. Isso pode ajudar. E lembre-se... Lembre-se do que eu disse a você, muito tempo atrás... Faça o que eu não posso fazer, Kelsier...*

SOBREVIVA.

A palavra vibrou através dele, e Kelsier arquejou. Ele conhecia aquela sensação, lembrava-se daquele exato comando. Ouvira aquela voz nos Fossos. Despertando-o, impelindo-o para a frente.

Salvando-o.

Kelsier abaixou a cabeça enquanto sentia Preservação se desvanecer, finalmente, e se esticar para a escuridão.

Então, cheio de luz emprestada, Kelsier puxou os fios girando ao redor dele e *puxou.* O poder resistiu. Ele não sabia por que — só possuía uma compreensão rudimentar do que estava fazendo. Por que o poder se afinava com algumas pessoas e não com outras?

Bem, ele havia *puxado* âncoras teimosas antes. Ele puxou com toda força, atraindo o poder para si. O poder lutou, desafiando-o quase como se estivesse vivo... até que...

Ele se quebrou, irrompendo para dentro de Kelsier.

E Kelsier, o Sobrevivente da Morte, Ascendeu.

Com um grito exultante, sentiu o poder fluir através dele, como algo cem vezes maior que a Alomancia. Uma energia febril, derretida, ardente que varreu sua alma. Ele deu uma gargalhada, erguendo-se no ar, expandindo-se, tornando-se toda parte e todas as coisas.

O que é isso?, interpelou a voz de Ruína.

Kelsier se viu confrontado pelo deus opositor, suas formas se estendendo para a eternidade — uma, a calma fria de uma vida imóvel e congelada; a outra o negrume agitado, em decomposição e violento da podridão. Kelsier sorriu enquanto sentia o total e absoluto *choque* de Ruína.

— O que foi — perguntou Kelsier — que você disse antes? Tudo que posso fazer, você pode anular? Que tal isso?

Ruína se enraiveceu, o poder se inflamando em um ciclone de fúria. A persona rachou ao meio, revelando a *coisa*, a energia bruta que havia conspirado e planejado por tanto tempo, só para ser detido agora. O sorriso de Kelsier se alargou, e ele imaginou, com deleite, a sensação de rasgar em pedaços esse monstro que havia matado Preservação. Esse desperdício de energia inútil e ultrapassado. Esmagá-lo seria tão *satisfatório*. Desejou que seu poder ilimitado atacasse.

E nada aconteceu.

O poder de Preservação resistia dentro dele, recuava diante da sua intenção assassina, e por mais que Kelsier se esforçasse, não podia obrigá-lo a ferir Ruína.

Seu inimigo vibrou, tremulando, e o tremor se tornou um som parecido com uma gargalhada. As brumas escuras e fervilhantes se recuperaram, transformando-se de novo na forma de um homem divino se estendendo pelo céu.

— Ah, Kelsier! — gritou Ruína. — Você acha que me importo com o que fez? Ora, eu teria escolhido *você* para assumir o poder! É perfeito! Você é só um aspecto meu, afinal de contas.

Kelsier cerrou os dentes, então estendeu dedos feitos de vento forte, como se fosse agarrar Ruína e *esganá-lo*.

A criatura apenas riu mais alto.

— Você mal consegue controlá-lo — disse Ruína. — Mesmo imaginando que isso pudesse me ferir, você não conseguiria realizar tal tarefa. Olhe para você, Kelsier! Você não tem forma ou molde. Você não está vivo, você é uma *ideia*. Uma *memória* de um homem contendo o poder nunca será tão potente quanto um de verdade, com laços com todos os três Reinos.

Ruína o empurrou para o lado com facilidade, embora Kelsier sentisse uma *crepitação* no toque da criatura. Esses poderes reagiam um ao outro como chama e água. Isso fez com que Kelsier tivesse certeza de que *havia* uma maneira de usar o poder que possuía para destruir Ruína. Se pudesse descobrir como.

Ruína desviou sua atenção de Kelsier, e assim Kelsier tentou se familiarizar com o poder. Infelizmente, tudo que experimentava topava com resistência — tanto da energia de Ruína quanto do próprio poder de Preservação. Podia ver a si mesmo agora, no Reino Espiritual — e aquelas linhas negras ainda estavam ali, prendendo-o a Ruína.

O poder que ele possuía não gostava nada daquilo. Ele se agitava no seu interior, tentando se soltar. Ele podia contê-lo, mas sabia que se o soltasse, ele escaparia e nunca mais conseguiria recapturá-lo.

Ainda assim, era grandioso ser mais do que apenas um espírito. Ele podia enxergar de novo no Reino Físico, embora o metal continuasse a brilhar forte para seus olhos. Era um alívio ser capaz de ver algo além de sombras nebulosas e almas fulgurantes.

Ele gostaria que as vistas fossem mais animadoras. Oceanos infinitos de cinzas. Pouquíssimas cidades, escavadas como crateras. Montanhas ardentes que cuspiam não apenas cinzas, mas lava e enxofre. A terra havia rachado, criando fendas.

Ele tentou não pensar nisso, mas nas pessoas. Podia senti-las, como sentia a própria crosta e núcleo do planeta. Ele facilmente descobriu quais tinham almas que estavam abertas para ele, e ansiosamente mergulhou nelas. Certamente entre elas Kelsier conseguiria encontrar alguém que pudesse levar um recado para Vin.

Ainda assim, não pareciam ser capazes de ouvi-lo, independentemente de quanto sussurrasse para elas. Era frustrante e desconcertante. Ele possuía os poderes da eternidade. Como poderia ter perdido a habilidade que tivera antes, a habilidade de se comunicar com seu povo?

Ao redor dele, Ruína deu uma gargalhada.

— Você acha que seu predecessor não tentou isso? — indagou Ruína. — Seu poder não pode vazar por essas rachaduras, Preservação. Ele faz força demais para abrigá-los, para protegê-los. Só *eu* posso alargar rachaduras.

Se o raciocínio dele estava correto ou não, Kelsier não sabia dizer. Mas ele confirmou repetidamente que os loucos não podiam mais ouvi-lo.

Contudo, agora *ele* podia ouvir pessoas.

Todas elas, não só os loucos. Ele podia ouvir seus pensamentos como vozes — suas esperanças, suas preocupações, seus terrores. Se ele se concentrasse por tempo demais nelas, dirigindo sua atenção para uma cidade, a multidão de pensamentos ameaçava sobrepujá-lo. Era um zumbido, um fluxo e ele descobriu que era difícil separar indivíduos da confusão.

Acima de tudo — terra, cidades, cinzas — pendiam as brumas. Elas revestiam todas as coisas, até mesmo durante o dia. Enquanto estava aprisionado inteiramente no Reino Cognitivo, ele não havia percebido como elas permeavam tudo.

Isso é poder, pensou, olhando para a bruma. *Meu poder. Eu deveria ser capaz de contê-lo, de manipulá-lo.*

Ele não podia. Isso deixava Ruína muito mais forte do que ele. Por que Preservação havia deixado as brumas intocadas daquele jeito? Ainda era parte dele, naturalmente, mas era como... como um exército difuso, espalhado como batedores por todo o reino, em vez de reunidos para guerra.

Ruína não tinha tais inibições. Kelsier podia ver seu poder em ação agora, revelado de maneiras que eram grandiosas demais para que pudesse reconhecê-las antes de Ascender. Ruína rasgava os topos das Montanhas de Cinzas, mantendo-os abertos, deixando a morte ser derramada. Ele tocou koloss por todo o império, levando-os a frenesis assassinos. Quando eles ficavam sem pessoas para matar, ele alegremente fazia com que se voltassem uns contra os outros.

Ele tinha o controle de várias pessoas em cada cidade restante. Suas maquinações eram incríveis — complexas, sutis. Kelsier nem mesmo podia seguir todos os fios, mas o resultado era óbvio: caos.

Kelsier nada podia fazer em relação a isso. Ele possuía um poder inimaginável, mas *ainda* estava impotente. Mas um fato importante era que Ruína precisava *agir* para anulá-lo.

Essa era uma revelação importante. Tanto ele quanto Ruína estavam em toda parte; suas almas eram os próprios ossos do planeta. Mas sua atenção... só podia ser dividida até certo ponto.

Se Kelsier tentava alterar coisas onde Ruína estava concentrado, ele sempre perdia. Quando Kelsier tentou deter as Montanhas de Cinzas, os braços de Ruína que tentavam abri-las eram mais fortes do que sua tentativa de as vedar. Quando tentou reforçar os exércitos de Vin com uma sensação de encorajamento, Ruína agiu como um bloqueio, mantendo-o longe.

Em uma tentativa desesperada, ele fez pressão para se aproximar da própria Vin. Não sabia ao certo o que podia fazer, mas queria tentar golpear Ruína para longe — empurrá-lo ele mesmo, e descobrir o que era capaz de fazer.

Ele jogou tudo que tinha nisso, fazendo força contra Ruína — sentindo a fricção das suas essências se encontrando enquanto ele se aproximava de Vin, que estava trancada em uma sala dentro do palácio de Fadrex. O encontro da sua essência com a de Ruína causava choques pela terra, tremores. Um terremoto.

Ele foi capaz de se aproximar. Podia sentir a mente de Vin, ouvir seus pensamentos. Ela sabia tão pouco — como ele soubera tão pouco quando havia começado isso. Ela não sabia sobre Preservação.

O choque empurrou a essência de Kelsier para longe, querendo arrancar Preservação dele, expondo seu núcleo — como uma caveira sorridente quando a carne era removida. Uma alma forrada com escuridão, mas que estava *Conectada* a Vin de algum modo. Amarrada a ela pelas linhas inescrutáveis que compunham o Reino Espiritual.

— Vin! — gritou ele, em agonia, fazendo força.

A luta entre ele e Ruína fez com que o terremoto se intensificasse, e Ruína exultou naquela destruição. Ela enfraqueceu a atenção dele por um breve momento.

— Vin! — disse Kelsier, aproximando-se. — Outro deus, Vin! Existe outra força!

Confusão. Ela não via. Algo vazou de Kelsier, indo na direção dela. E com um choque, Kelsier viu algo terrível, algo que nunca havia suspeitado. Um ponto brilhante de metal na orelha de Vin, tão similar à cor da sua alma brilhante que ele não havia reparado até agora, quando chegou bem perto.

Vin estava perfurada por uma estaca.

— Qual é a primeira regra da Alomancia, Vin! — berrou Kelsier. — A primeira coisa que ensinei a você!

Vin levantou os olhos. Ela havia *escutado*?

— Estacas, Vin! — começou Kelsier. — Você não pode confiar...

Ruína retornou e empurrou Kelsier para longe com uma explosão feroz de poder, interrompendo-o. Segurar-se mais significaria deixar que Ruína arrancasse o poder de Preservação totalmente dele, portanto ele se deixou partir.

Ruína o empurrou para fora do edifício, para fora da própria cidade. O confronto deles trouxe uma dor incrível para Kelsier, e ele não pode deixar de ter a impressão de que, ainda que fosse divino, estava *mancando* enquanto deixava a cidade.

Ruína estava concentrado demais nesse lugar. Era forte demais aqui. Ele estava com quase toda sua atenção apontada para Vin e essa cidade de Fadrex. Ele até mesmo estava trazendo Marsh.

Talvez...

Kelsier tentou se aproximar de Marsh, concentrando a atenção no seu irmão. Essas mesmas linhas estavam lá como estiveram com Vin, linhas de Conexão ligando a alma de Kelsier ao seu irmão. Talvez ele também pudesse chegar até Marsh.

Infelizmente, Ruína percebeu isso com muita facilidade, e Kelsier estava enfraquecido demais — dolorido demais — devido ao embate anterior. Ruína o rechaçou com facilidade, mas não antes que Kelsier ouvisse algo emanando de Marsh.

Lembre-se de si mesmo, os pensamentos de Marsh sussurraram. *Lute, Marsh, LUTE. Lembre-se de quem você é.*

Kelsier sentiu uma onda de orgulho enquanto fugia de Ruína. Alguma coisa dentro de Marsh, algo do seu irmão, havia sobrevivido. Contudo, não havia nada que Kelsier pudesse fazer para ajudar agora. O que quer que Ruína quisesse em Fadrex, Kelsier teria que deixar que ele conseguisse. Confrontar Ruína ali era impossível, pois Ruína poderia vencer Kelsier em um confronto direto.

Felizmente, Kelsier fizera uma carreira sabendo quando evitar uma luta justa. O golpe estava acontecendo, e quando a guarda da casa estava alerta, a melhor aposta era ficar escondido por algum tempo.

Ruína vigiava Fadrex tão atentamente que deixaria brechas em outros lugares.

5

Faça *melhor, Kelsier.*

Ele assistiu e esperou. Ele podia ser cuidadoso.

Os corações dos homens não são seus brinquedos.

Ele flutuou, tornando-se bruma, observando como Ruína movia suas peças. Os Inquisidores eram suas mãos primárias. Ruína os posicionava deliberadamente.

A fraqueza de todos os homens espertos.

Uma abertura. Kelsier precisava de uma abertura.

Sobreviva.

Ruína achava que estava no controle por todo o Império Final. Tão seguro de si. Mas havia buracos. Ele estava dedicando cada vez menos atenção à cidade arruinada de Urteau, com seus canais vazios e pessoas famintas. Um dos seus fios revolvia ao redor de um jovem que usava uma venda de pano ao redor dos olhos e uma capa queimada nas costas.

Sim, Ruína achava que tinha a cidade nas mãos.

Mas Kelsier... Kelsier *conhecia* aquele garoto.

Kelsier concentrou sua atenção em Fantasma enquanto o jovem homem, sobrecarregado e levado à beira da loucura, cambaleava para cima de um palco diante de uma multidão. Ruína o levara a esse ponto ao usar a forma de Kelsier. Ele estava tentando transformar o garoto em um Inquisidor, ao mesmo tempo em que preparava a cidade para arder em revoltas e caos.

Mas suas ações nessa cidade eram como tantas outras. Sua atenção estava dividida demais, com seu único foco real em Fadrex. Ele trabalhava em Urteau, mas não a *priorizava*. Ele já havia colocado seus planos em movimento: arruinar as esperanças do seu povo, queimar a cidade até só restarem as cinzas. Só precisava que um garoto confuso cometesse um assassinato.

Fantasma estava no palco, preparado para matar diante da multidão. Kelsier atraiu sua atenção como uma lufada de bruma, cuidadoso, silencioso. Ele era o pulso das tábuas sob os pés de Fantasma, ele era o ar sendo respirado, ele era a chama e o fogo.

Ruína estava ali, esbravejando, exigindo que Fantasma matasse. Não era a persona cuidadosa e sorridente. Essa era uma forma mais pura e bruta do poder. Esse pedaço dele tinha pouco da atenção de Ruína, e não havia trazido seu poder total.

Ele não notou Kelsier enquanto se retirava do poder, expondo sua própria alma e levando-a para perto de Fantasma. As linhas estavam ali, as linhas da familiaridade, da família e da Conexão. Estranhamente, eram ainda mais *fortes* para Fantasma do que haviam sido para Marsh e Vin. Por que seria isso?

Agora, você deve matá-la, Ruína disse para Fantasma.

Sob aquela raiva, Kelsier sussurrou para a alma quebrada de Fantasma. *Esperança.*

Você quer poder, Fantasma? trovejou Ruína *Você quer ser um alomântico melhor? Bem, o poder deve vir de algum lugar. Ele nunca vem de graça. Essa mulher é uma Lançamoedas. Mate-a e poderá ter sua habilidade. Eu a concederei a você.*

Esperança, disse Kelsier.

Indo e voltando. *Mate.* Ruína enviava impressões, palavras. *Elimine, destrua.*

Ruína.

Esperança.

Fantasma levou a mão ao metal no seu peito.

Não! gritou Ruína, parecendo chocado. *Fantasma, você quer voltar a ser normal? Você quer ser inútil novamente? Vai perder seu peltre e voltará a ser fraco como era quando deixou seu tio morrer!*

Fantasma olhou para Ruína, fez uma careta, então cortou seu corpo e puxou a estaca para fora.

Esperança.

Ruína gritou em negação, sua figura se tornando indistinta, facas na forma de pernas de aranha escapando da forma quebrada que ele usava. Destruição brotou da figura e se transformou em uma bruma negra.

Fantasma afundou na plataforma, ficando de joelhos, então caindo para a frente. Kelsier se ajoelhou e o segurou, chamando o poder de Preservação de volta para si mesmo.

— Ah, Fantasma — sussurrou ele. — Pobre, pobre menino.

Ele podia sentir o espírito do rapaz oscilando. *Quebrado.* Rachado até o cerne. Os pensamentos do garoto flutuaram até Kelsier. Pensamentos sobre uma mulher que ele amava. Pensamentos sobre seus próprios fracassos. Pensamentos confusos.

Lá no fundo, esse garoto estivera seguindo Ruína porque havia desejado tão desesperadamente que Kelsier o guiasse. Ele havia tentado tanto ser como o próprio Kelsier.

Isso contorceu o interior de Kelsier, ver a fé desse jovem. Fé nele; em Kelsier, o Sobrevivente.

Um deus de faz-de-conta.

— Fantasma — sussurrou Kelsier, tocando a alma de Fantasma com a sua novamente. Ele se engasgou com as palavras, mas forçou-se a dizê-las. — Fantasma, a cidade dela está queimando.

Fantasma tremeu.

— Milhares vão morrer nas chamas — sussurrou Kelsier. Ele tocou o rosto do garoto. — Fantasma, meu menino. Você quer ser como eu? De verdade? Então lute quando for vencido!

Kelsier olhou para a forma fervilhante e tempestuosa de Ruína, furioso. Mais da atenção de Ruína estava se concentrando nessa direção. Ele logo repeliria Kelsier.

Vencê-lo aqui era apenas uma pequena vitória, mas era prova. Era possível resistir a essa coisa. Fantasma havia feito isso.

E o faria de novo.

Kelsier olhou para baixo, para o menino em seus braços. Não, não era mais um menino. Ele se abriu para Fantasma e falou um único e onipotente comando.

— Sobreviva!

Fantasma gritou, *queimando* seu metal, sobressaltando a si mesmo até alcançar a lucidez. Kelsier se levantou, triunfante. Fantasma ficou de joelhos, seu espírito se fortalecendo.

— O que quer que você faça — disse Ruína para Kelsier, como se o estivesse enxergando pela primeira vez —, eu posso anular.

A força da destruição explodiu para fora, enviando tentáculos de escuridão para a cidade. Ele não afastou Kelsier, que não sabia ao certo se era porque sua atenção ainda estava concentrada demais em outros lugares ou se ele simplesmente não se importava que Kelsier ficasse para testemunhar o fim dessa cidade.

Incêndios. Morte. Kelsier agora via o plano da coisa em um lampejo: queimar a cidade totalmente, extinguir todos os sinais do fracasso de Ruína. Acabar com aquelas pessoas.

Fantasma já estava se movendo, confrontando as pessoas ao redor dele, dando ordens como se fosse o próprio Senhor Soberano. E aquele não era...

Sazed!

Kelsier sentiu um calor reconfortante ao ver o silencioso terrisano ficando ao lado de Fantasma. Sazed sempre tinha respostas. Mas ele parecia arrasado, confuso, *exausto*.

— Ah, meu amigo — sussurrou Kelsier. — O que ele fez com você?

O grupo obedeceu às ordens de Fantasma, saindo apressado. Fantasma seguia devagar, caminhando pela rua. Kelsier podia ver os fios do futuro, no Reino Espiritual. Revestidos com escuridão, uma cidade destruída. Possibilidades terminando.

Mas umas poucas linhas de luz permaneciam. Sim, ainda era possível. Primeiro esse garoto tinha que salvar sua cidade.

— Fantasma — disse Kelsier, formando para si um corpo de poder.

Ninguém podia vê-lo, mas isso não importava. Ele seguiu o passo de Fantasma, que praticamente avançava aos tropeços. Um pé diante do outro, mal se movendo.

— Continue se movendo — encorajou Kelsier. Ele podia sentir a dor desse homem, sua angústia e confusão. Sua fé surrada. E de algum modo, através da Conexão, Kelsier podia falar com ele como nunca fora capaz de fazer com outros.

Kelsier partilhou da exaustão de Fantasma com cada passo trêmulo e agonizante. Ele sussurrou as palavras repetidamente. *Continue se movendo.* Isso se tornou um mantra. A moça de Fantasma chegou, ajudando-o. Kelsier caminhava do seu outro lado. *Continue se movendo.*

Abençoadamente, ele o fez. De algum modo, o jovem exausto cambaleou por todo o caminho até um edifício em chamas. Ele parou do lado de fora, onde Sazed havia sido forçado a recuar. Kelsier leu suas atitudes na curva dos seus ombros, o medo nos seus olhos, que refletiam chamas. Ele ouviu seus pensamentos, pulsando a partir deles, silenciosos e assustados.

Essa cidade estava condenada, e eles sabiam disso.

Fantasma deixou que os outros o puxassem de volta das chamas. Emoções, memórias, ideias surgiam do garoto.

Kelsier não se importava comigo, pensou Fantasma. *Ele não pensava em mim. Ele se lembrava dos outros, mas não de mim. Deu a eles trabalhos para fazer. Eu não importava para ele...*

— Eu lhe dei seu nome, Fantasma — sussurrou Kelsier. — Você era meu amigo. Isso não é o bastante?

Fantasma parou onde estava, resistindo à pegada dos outros.

— Sinto muito — disse Kelsier, chorando — pelo que você precisa fazer. Sobrevivente.

Fantasma escapou das mãos dos outros. E enquanto Ruína esbravejava acima, cuspindo e gritando, finalmente direcionando sua atenção para começar a forçar Kelsier de volta, esse jovem adentrou as chamas.

E salvou a cidade.

6

Kelsier estava sentado em um estranho campo verdejante. Grama verde por toda parte. Tão esquisito. Tão bonito.

Fantasma se aproximou e se sentou ao lado dele. O garoto tirou a venda dos olhos e sacudiu a cabeça, então correu os dedos pelo cabelo.

— O que é isso?

— Um meio sonho — disse Kelsier, arrancando uma folha de grama e mastigando-a.

— Meio sonho? — indagou Fantasma.

— Você está quase morto, garoto — disse Kelsier. — Seu espírito foi bem esmagado. Um monte de rachaduras. — Ele sorriu. — Isso permitiu que eu entrasse.

Havia mais do que isso. Esse jovem era especial. No mínimo, o relacionamento deles era especial. Fantasma acreditava nele como nenhum outro havia acreditado.

Kelsier pensou nisso enquanto pegava outra folha de grama e a mastigava.

— O que você está fazendo? — indagou Fantasma.

— Parece tão estranho — respondeu Kelsier. — Como Mare sempre disse que seria.

— Então você está *comendo* essa coisa?

— Mais mastigando — disse Kelsier, então cuspiu para o lado. — Só estou curioso.

Fantasma inspirou e expirou.

— Não importa. Nada disso importa. Você não é real.

— Bem, você está parcialmente certo — confirmou Kelsier. — Não sou completamente real. Não tenho sido desde que morri. Mas agora também sou um deus... Eu acho. É complicado.

Fantasma olhou para ele, franzindo a testa.

— Eu precisava de alguém com quem pudesse conversar — disse Kelsier. — Eu precisava de você. Alguém que foi quebrado, mas que resistiu a *ele*.

— O outro você.

Kelsier assentiu.

— Você sempre foi tão duro, Kelsier — disse Fantasma, olhando para os campos verdes. — Eu podia ver que lá no fundo você *realmente* detestava a nobreza. Pensei que era o ódio que deixava você tão forte.

— Forte como tecido cicatrizado — sussurrou Kelsier. — Funcional, mas rígido. É uma força que eu preferiria que você nunca precisasse ter.

Fantasma assentiu e pareceu compreender.

— Tenho orgulho de você, garoto — disse Kelsier, dando-lhe um soquinho amistoso no ombro.

— Quase arruinei tudo — disse Fantasma, cabisbaixo

— Fantasma, se você soubesse quantas vezes *eu* quase destruí uma cidade, teria vergonha de falar assim. Inferno, você mal quebrou o lugar. Eles apagaram os incêndios, resgataram a maior parte da população. Você é um herói.

Fantasma olhou para cima, sorrindo.

— É o seguinte, garoto — declarou Kelsier. — Vin não sabe.

— Não sabe o quê?

— As estacas, Fantasma. Eu não consigo passar o recado para ela. Ela precisa saber. E, Fantasma, ela... ela também tem uma estaca no corpo.

— Senhor Soberano... — sussurrou Fantasma. — Vin?

Kelsier assentiu.

— Preste atenção. Você vai acordar logo. Preciso que você se lembre dessa parte, mesmo que esqueça todo o resto desse sonho. Quando o fim chegar, leve as pessoas para o subterrâneo. Mande um recado para Vin. Grave a mensagem em metal, pois nada que não esteja escrito em metal é confiável.

"Vin precisa saber sobre Ruína e seus rostos falsos. Ela precisa saber sobre as estacas, que metal enterrado dentro de uma pessoa permite que

Ruína sussurre para ela. Lembre-se disso, Fantasma. Não confie em ninguém perfurado por metal! Até o menor pedaço pode macular um homem."

Fantasma começou a se desvanecer, despertando.

— Lembre-se — disse Kelsier. — Vin está escutando Ruína. Ela não sabe em quem confiar, e é por isso que você absolutamente precisa enviar essa mensagem, Fantasma. As peças dessa coisa estão girando, lançadas ao vento. Você tem uma pista que ninguém mais tem. Mande-a voando por mim.

Fantasma assentiu enquanto despertava.

— Bom rapaz — sussurrou Kelsier, com um sorriso no rosto. — Você fez bem, Fantasma. Estou orgulhoso.

7

Um homem deixou Urteau, atravessando as brumas e as cinzas, iniciando a longa viagem até Luthadel.

Kelsier não conhecia esse homem, Goradel, pessoalmente. Contudo, o poder o conhecia. Sabia como ele havia se juntado aos guardas do Senhor Soberano na juventude, esperando por uma vida melhor para si mesmo e sua família. Esse era um homem que Kelsier, se tivesse a chance, teria matado sem misericórdia.

Agora Goradel poderia simplesmente salvar o mundo. Kelsier voou ao lado dele, sentindo a antecipação das brumas se acumulando. Goradel carregava uma placa de metal que continha o segredo.

Ruína rolava pela paisagem como uma sombra, dominando Kelsier. Ele gargalhava enquanto via Goradel lutar para atravessar as cinzas, acumuladas tão alto quanto a neve nas montanhas.

— Ah, Kelsier — disse Ruína. — Isso é o melhor que você pode fazer? Todo aquele trabalho com o menino em Urteau, para isso?

Kelsier grunhiu enquanto as gavinhas do poder de Ruína procuravam um par de mãos e o convocavam. No mundo real, horas se passaram, mas aos olhos dos deuses, o tempo era uma coisa mutável. Ele fluía de acordo com seus desejos.

— Você já fez truques com cartas, Ruína? — indagou Kelsier. — Quando você era um homem comum?

— Nunca fui um homem comum — Era apenas um Receptáculo aguardando meu poder.

— Então, o que aquele Receptáculo fez com seu tempo? Truques com cartas?

— De modo algum — retrucou Ruína. — Eu era um homem muito melhor que isso.

Kelsier grunhiu quando as mãos de Ruína eventualmente chegaram, voando alto pela cinza cadente. Uma figura com estacas atravessando os olhos, os lábios esticados em um esgar.

— Eu era muito bom com truques de cartas — disse Kelsier em voz baixa — quando eu era uma criança. Minhas primeiras trapaças foram com cartas. Não o giro de três cartas; aquilo era simples demais. Eu preferia os truques onde era só você, um baralho e um otário que estava vigiando todos os seus movimentos.

Abaixo, Marsh lutava com o pobre Goradel até finalmente eliminá-lo. Kelsier fez uma careta ao ver seu irmão não apenas assassinar, mas regozijar-se com a morte, levado à loucura pela mácula de Ruína. Estranhamente, Ruína trabalhou para *contê-lo*. Como se por um momento ele houvesse perdido o controle de Marsh.

Ruína tomou cuidado para não deixar Kelsier se aproximar demais. Ele nem mesmo pôde chegar perto o bastante para ouvir os pensamentos do irmão. Ruína gargalhou enquanto Marsh, lavado no sangue do assassinato, finalmente recuperou a carta que Fantasma havia enviado.

— Você se acha — disse Ruína — tão esperto, Kelsier. Palavras em metal. Eu não posso lê-las, mas meu subordinado pode.

Kelsier afundou enquanto Marsh tocava na placa que Fantasma havia mandado gravar, lendo as palavras em voz alta para que Ruína ouvisse. Kelsier formou um corpo para si mesmo e se ajoelhou nas cinzas, vencido.

Ruína se formou ao lado dele.

— Está tudo bem, Kelsier. Essa é a maneira como as coisas *deveriam* acontecer. O motivo por que elas foram criadas! Não lamente as mortes que vieram até nós; celebre as vidas que passaram.

Ele deu um tapinha em Kelsier, então evaporou. Marsh se levantou desajeitadamente, cinzas grudando no sangue ainda úmido nas suas roupas e rosto. Então ele saltou atrás de Ruína, seguindo o chamado do seu mestre. O final estava se aproximando rápido agora.

Kelsier se ajoelhou junto do cadáver do homem caído, que estava lentamente sendo coberto pelas cinzas. Vin o poupara, e Kelsier finalmente causara sua morte. Ele se estendeu para o Reino Cognitivo, onde o espírito do homem havia tropeçado no lugar de brumas e sombras, e estava agora olhando em direção ao céu.

Kelsier se aproximou e agarrou a mão do homem.

— Obrigado — disse ele. — E sinto muito.

— Eu falhei — disse Goradel enquanto se estendia para o Além.

Isso perturbou Kelsier por dentro, mas não ousou contradizer o homem. *Perdoe-me.*

Agora, ficar quieto. Kelsier deixou-se flutuar de novo, espalhar-se. Ele não tentou mais conter a influência de Ruína. Ao se recolher, viu que ele *havia* ajudado um pouquinho. Contivera alguns terremotos, tornara mais lento o fluxo da lava. Uma quantidade insignificante, mas pelo menos havia feito alguma coisa.

Agora ele cedeu e deu rédea solta a Ruína. O fim se acelerou, retorcendo-se junto aos movimentos de uma jovem, que havia voltado para Luthadel no advento de uma tempestade.

Kelsier fechou os olhos, sentindo o mundo se calar, como se a própria terra estivesse prendendo a respiração. Vin lutou, dançou e foi até os limites das suas habilidades — e mesmo além. Ela enfrentou o poder reunido dos Inquisidores de Ruína e lutou com tamanha majestade que deixou Kelsier perplexo. Ela era melhor do que o Inquisidor que ele havia combatido, melhor do que qualquer homem que ela já houvesse visto. Melhor do que o próprio Kelsier.

Infelizmente, contra todo um bando de Inquisidores, não era nem de longe o suficiente.

Kelsier se forçou a se conter. E, *inferno*, isso foi difícil. Ele deixou Ruína reinar, deixou seus Inquisidores surrarem Vin até a submissão. A luta acabou cedo demais e terminou com Vin ferida e derrotada, à mercê de Marsh.

Ruína se aproximou, sussurrando para ela. *Onde está o atium, Vin?* Disse ele. *O que você sabe sobre ele?*

Atium? Kelsier se aproximou enquanto Marsh se ajoelhava junto de Vin e se preparava para feri-la. Atium. Por que...

Tudo se juntou para ele. Ruína também não estava completo. Ali, na cidade quebrada de Luthadel — chuva caindo, cinzas entupindo as ruas, Inquisidores espreitando e vigiando com inexpressivos olhos furados por estacas — Kelsier compreendeu.

O plano de Preservação. Ele podia funcionar!

Marsh quebrou o braço de Vin, e sorriu.

Agora.

Kelsier atingiu Ruína com toda a força do seu poder. Não era muito, e ele tinha um péssimo controle dele. Mas *foi* inesperado e chamou a atenção de Ruína. Os poderes se encontraram, e a fricção — a oposição — fez com que emperrassem juntos.

A dor fluiu através de Kelsier. O chão por toda a cidade tremeu.

— Kelsier, Kelsier — disse Ruína.

Abaixo, Marsh deu uma gargalhada.

— Você sabe — perguntou Kelsier — por que eu sempre vencia nos truques de cartas, Ruína?

— Por favor — disse Ruína. — Isso importa?

— Era porque — continuou Kelsier, grunhindo de dor, seu poder tenso — eu sempre conseguia. Forçar. As pessoas a escolherem. A carta que *eu queria que escolhessem.*

Ruína fez uma pausa, então olhou para baixo. A carta, entregue por Goradel não a Vin, mas a Marsh, fez seu trabalho.

Marsh arrancou o brinco de Vin.

O mundo se paralisou. Ruína, vasto e imortal, olhava com total e absoluto horror.

— Você transformou o irmão errado no seu Inquisidor, Ruína — sibilou Kelsier. — Você não deveria ter escolhido o irmão *bom*. Ele *sempre* teve o péssimo hábito de fazer o que era certo em vez do que era inteligente.

Ruína olhou para Kelsier, voltando completamente sua incrível atenção para ele.

Kelsier sorriu. Deuses, aparentemente, ainda podiam cair em um clássico golpe de orientação errada.

Vin procurou as brumas, e Kelsier sentiu o poder dentro dele tremer, ansioso. Era para isso que havia sido feito; esse era seu propósito. Ele sentiu o anseio de Vin, e a pergunta dela. Onde ela havia sentido aquele poder antes?

Kelsier se lançou contra Ruína, os poderes se chocando, expondo sua alma. Sua alma escurecida e surrada.

— O poder veio do Poço da Ascensão, naturalmente — disse Kelsier para Vin. — É o mesmo poder, afinal de contas. Sólido no metal que você deu para Elend. Líquido no poço que você queimou. E vapor no ar, confinado na noite. Ocultando você. Protegendo você...

Kelsier respirou fundo. Ele sentiu a energia de Preservação sendo arrancada dele. Sentiu a fúria de Ruína golpeando-o, faminto para destruí-lo. Por um último momento ele sentiu o mundo. A chuva de cinzas mais longínqua, as pessoas no sul distante, os ventos revoltos, e a vida se esforçando — lutando — para continuar nesse planeta.

Então Kelsier fez a coisa mais difícil que já fizera.

— Dou o poder a você! — rugiu ele para Vin, liberando a essência de Preservação para que ela pudesse recebê-la.

Vin tomou as brumas para si.

E a fúria plena de Ruína caiu sobre Kelsier, derrubando-o, rasgando sua alma. Despedaçando-o.

8

Kelsier foi partido ao meio com uma dor profunda e generalizada — como a de um osso sendo puxado para fora da sua articulação. Ele tropeçou, incapaz de ver ou pensar — incapaz de fazer mais do que gritar diante do ataque.

Ele terminou em algum lugar cercado pela bruma, cego a qualquer coisa além dos seus movimentos. A morte, de verdade dessa vez? Não... mas ele estava muito perto. Podia sentir aquele movimento de esticamento chegando outra vez, chamando-o, tentando puxá-lo para aquele ponto distante para onde todos os outros haviam ido.

Ele queria ir. Estava sentindo *tanta* dor. Ele queria que tudo terminasse, que tudo fosse embora. Tudo. Ele só queria que parasse.

Ele havia sentido esse desespero antes, nos Fossos de Hathsin. Ele não tinha a voz de Preservação para guiá-lo agora, como tivera então, mas, chorando e tremendo, ele afundou as mãos no espaço nebuloso ao seu redor e *se segurou*. Agarrando-se a ele, recusando-se a partir. Negando aquela força que o chamava, prometendo paz e um término.

Eventualmente ela parou, e a sensação de esticamento sumiu. Ele havia possuído o poder de uma divindade. A morte final não poderia tomá-lo a menos que ele quisesse.

Ou a menos que ele fosse completamente destruído. Ele tremeu nas brumas, agradecido pelo seu abraço, mas ainda incerto de onde estava — e sem saber por que Ruína não havia terminado o trabalho. Ele havia planejado fazer isso; Kelsier pôde sentir. Felizmente, a destruição de Kelsier havia se tornado algo para depois diante de uma nova ameaça.

Vin. Ela havia conseguido! Ela Ascendeu!

Grunhindo, Kelsier se puxou para cima, descobrindo que havia sido atingido tão duramente pelo ataque de Ruína que fora jogado muito abaixo no solo flexível e nebuloso do Reino Cognitivo. Ele foi capaz de sair dali, com dificuldade, e desabou na superfície. Sua alma estava distorcida, massacrada, como um corpo esmagado por um rochedo. Ele vazava fumaça escura de mil buracos.

Enquanto jazia ali, ele lentamente se reformou, e a dor — finalmente — amainou. Tempo havia se passado. Ele não sabia quanto, havia sido horas e mais horas. Ele não estava em Luthadel. Des-Ascender, depois de ser esmagado pelo poder de Ruína, havia jogado sua alma longe da cidade.

Ele piscou olhos fantasmas. Acima dele o céu era uma tempestade de gavinhas brancas e pretas, como nuvens se atacando. À distância, podia ouvir algo que fazia o Reino tremer. Forçou-se a se levantar e caminhou, eventualmente chegando a uma colina onde viu, abaixo, que figuras feitas de luz estavam em pleno combate. Uma guerra, homens contra koloss.

O plano de Preservação. Ele o vira, o compreendera naqueles últimos momentos. O corpo de Ruína era o atium. O plano era criar algo novo e especial — pessoas que podiam *queimar* o corpo de Ruína em uma tentativa de se livrar dele.

Abaixo, homens lutavam por suas vidas, e ele os viu transcendendo o Reino Físico devido ao corpo do deus que queimaram. Acima, Ruína e Preservação se enfrentavam. Vin fez um trabalho muito melhor do que o de Kelsier; ela tinha o poder total das brumas, e além disso havia algo *natural* na maneira como ela usava aquele poder.

Kelsier tirou a poeira do corpo e ajustou suas roupas. Ainda a mesma camisa e calças que ele estava usando durante sua luta com o Inquisidor há muito tempo. O que havia acontecido com sua mochila e com a faca que Nazh lhe dera? Estavam perdidas em algum lugar nos intermináveis campos de cinzas entre aquele lugar e Fadrex.

Ele atravessou a batalha, saindo do caminho dos koloss enfurecidos e dos homens transcendentes que podiam ver no Reino Espiritual, ainda que de uma maneira muito limitada.

Kelsier chegou ao topo de uma colina e parou. Em outra colina mais além, distante, mas próxima o bastante para enxergar, Elend Venture estava entre uma pilha de cadáveres, lutando com Marsh. Vin flutuava ali, expansiva e incrível, uma figura de luz brilhante e poder impressionante — como uma inspiração para o sol e as nuvens.

Elend Venture levantou a mão, e então *explodiu* com luz. Linhas de branco se espalhavam dele em todas as direções, linhas que trespassavam todas as coisas. Linhas que o Conectavam com Kelsier, com o futuro e com o passado.

Ele o está vendo totalmente, pensou Kelsier. *Aquele lugar entre momentos.*

Elend acabou com uma espada no pescoço de Marsh, e olhou diretamente para Kelsier, transcendendo os três Reinos.

Marsh bateu um machado no peito de Elend.

— Não! — gritou Kelsier. — *Não!*

Ele desceu correndo a colina, em direção a Venture. Escalou por cima de cadáveres, nebulosos desse lado, e foi até onde Elend havia morrido.

Ele ainda não havia alcançado a posição quando Marsh cortou a cabeça de Elend.

Ah, Vin. Eu sinto muito.

A atenção total de Vin se voltou para o homem caído. Kelsier parou subitamente, entorpecido. Ela ficaria furiosa. Ela perderia o controle. Ela iria...

Se elevar em glória?

Ele assistiu, espantado, enquanto a força de Vin se consolidava. Não havia ódio na vibração que emanava dela, acalmando todas as coisas. Acima dela Ruína estava gargalhando, novamente acreditando que sabia de tudo. Aquela risada foi interrompida quando Vin se elevou contra ele, uma lança gloriosa e radiante de poder — controlada, amorosa, compassiva, mas *inexorável.*

Kelsier soube então por que ela, e não ele, havia precisado fazer isso.

Vin chocou seu poder contra o de Ruína, sufocando-o. Kelsier subiu até o topo da colina, assistindo, sentindo uma familiaridade com aquele poder. Uma afinidade que aqueceu profundamente seu coração enquanto Vin executava o ato supremo de heroísmo.

Ela levou a destruição para o destruidor.

Terminou em uma erupção de luz. Fiapos de bruma, tanto escura quanto clara, fluíram do céu. Kelsier sorriu, sabendo que finalmente havia acabado. Em um movimento apressado, as brumas giraram em duas colinas gêmeas, até uma altura impossível. Os poderes haviam sido liberados. Eles tremiam, incertos, como uma tempestade se formando.

Ninguém está na posse deles...

Kelsier estendeu a mão, tímido, trêmulo. Ele poderia...

O espírito de Elend Venture cambaleou para o Reino Cognitivo ao lado dele, tropeçando e desabando no chão. Ele grunhiu, e Kelsier sorriu para ele.

Elend piscou quando Kelsier estendeu-lhe a mão.

— Eu sempre imaginei a morte — disse Elend, deixando Kelsier ajudá-lo a se levantar — como sendo recebido por todo mundo que já amei na vida. Nunca imaginei que isso incluiria *você*.

— Você precisa prestar mais atenção, garoto — disse Kelsier, olhando-o de cima a baixo. — Belo uniforme. Você *pediu* que eles o fizessem parecer uma cópia barata do Senhor Soberano ou foi mais um acidente?

Elend piscou.

— Uau. Eu já estou odiando você.

— Espere algum tempo — falou Kelsier, dando-lhe um tapa nas costas. — Para a maioria, isso eventualmente se torna uma sensação de ligeira irritação.

— Ele olhou para o poder ainda se movendo ao redor deles, então franziu o cenho enquanto uma figura feita de luz brilhante correu pelo campo. Sua forma era familiar para ele. Ela se aproximou do cadáver de Vin, que havia caído no chão.

— Sazed — sussurrou Kelsier, então o tocou.

Ele não estava preparado para a torrente de emoção trazida por ver seu amigo nesse estado. Sazed estava assustado. Sem acreditar. Arrasado. Ruína estava morto, mas o mundo ainda estava acabando. Sazed havia pensado que Vin os salvaria. Sinceramente, Kelsier também.

Mas ao que parecia havia ainda outro segredo.

— É ele — sussurrou Kelsier. — Ele é o Herói.

Elend Venture colocou uma das mãos no ombro de Kelsier.

— Você precisa prestar mais atenção — notou ele. — Garoto.

Ele puxou Kelsier para longe enquanto Sazed estendia as mãos para os poderes, uma para cada.

Kelsier estava espantado com a maneira como eles se combinaram. Ele sempre vira aqueles poderes como opostos, mas enquanto eles giraram ao redor de Sazed parecia que eles *combinavam* um com o outro.

— Como? — sussurrou. — Como ele está Conectado com ambos, de maneira tão equilibrada? Por que não apenas Preservação?

— Ele mudou nesse último ano — disse Elend. — Ruína é mais do que morte e destruição. É a paz com essas coisas.

A transformação continuou, mas, por mais impressionante que ela fosse, a atenção de Kelsier estava voltada para outra coisa. Uma condensação de poder perto dele no topo da colina. Ela tomou a forma de uma jovem que havia se esgueirado facilmente para o Reino Cognitivo. Ela nem mesmo cambaleou, o que era tanto apropriado quanto horrivelmente injusto.

Vin olhou para Kelsier e sorriu. Um sorriso caloroso e de boas-vindas. Um sorriso de felicidade e aceitação, que o encheu de orgulho. Como ele desejou que houvesse a encontrado mais cedo, quando Mare ainda estava viva. Quando ela havia precisado de pais.

Ela foi até Elend primeiro e o agarrou em um longo abraço. Kelsier olhou de relance para Sazed, que estava se expandindo para se tornar todas as coisas. Bem, que bom para ele. Era um trabalho duro; Sazed podia ficar com ele.

Elend acenou para Kelsier, e Vin se aproximou.

— Kelsier — disse ela —, ah, Kelsier. Você sempre fez suas próprias regras.

Hesitante, ele não a abraçou. Ele estendeu sua mão, sentindo-se estranhamente reverente. Vin a tomou, as pontas dos dedos dela se enrolando na sua palma.

Ali perto, outra figura se solidificou do poder, mas Kelsier o ignorou. Ele se aproximou de Vin.

— Eu... — O que podia dizer? Inferno, ele não sabia.

Pela primeira vez na vida, ele não sabia.

Ela o abraçou, e ele percebeu que estava chorando. A filha que ele nunca tivera, a criancinha das ruas. Embora ainda fosse pequena, havia se tornado maior do que ele. E ela o amava mesmo assim. Ele abraçou apertado sua filha contra sua própria alma quebrada.

— Você conseguiu — sussurrou ele finalmente. — O que ninguém mais poderia ter feito. Você entregou a si mesma.

— Bem — disse ela —, eu tive um bom exemplo, sabe?

Ele a abraçou bem apertado e a segurou por um momento a mais. Infelizmente, acabou tendo que se afastar.

Ruína estava ali perto, piscando. Ou... não, não era mais Ruína. Era só o Receptáculo, Ati. O homem que possuíra o poder. Ati passou a mão pelo seu cabelo vermelho, então olhou ao redor.

— Vax? — chamou ele, parecendo estar confuso.

— Com licença — disse Kelsier para Vin, depois a soltou e trotou até o homem ruivo.

Então ele socou a cara do homem, deixando-o estatelado no chão.

— Excelente — disse Kelsier, sacudindo a mão.

Aos seus pés, o homem olhou para ele, então fechou os olhos e suspirou, esticando-se para a eternidade.

Kelsier caminhou de volta para os outros, passando por uma figura com os trajes de Terris e as mãos juntas diante de si, cobertas pelas longas mangas.

— Ei — começou Kelsier, então olhou para o céu e para a figura brilhante que estava lá. — Você não é...

— Parte de mim é — replicou Sazed. Ele olhou para Vin e Elend e estendeu suas mãos, uma para cada um deles. — Obrigado a vocês dois por esse novo começo. Eu curei seus corpos. Vocês podem retornar a eles, se desejarem.

Vin olhou para Elend. Para o horror de Kelsier, ele havia começado a se esticar. Elend se voltou para algo que Kelsier não podia ver, algo Além, e sorriu, então deu um passo naquela direção.

— Não acho que funcione assim, Saze — disse Vin, então o beijou na bochecha. — Obrigada.

Ela se virou, tomando a mão de Elend, e começou a se estender para aquele ponto distante e invisível.

— Vin! — gritou Kelsier, agarrando a outra mão dela com força. — Não, Vin. Você deteve o poder. Não precisa ir embora.

— Eu sei — disse ela, olhando de volta sobre o ombro para ele.

— Por favor — pediu Kelsier. — Não vá. Fique. Comigo.

— Ah, Kelsier — disse ela. — Você tem muito o que aprender sobre o amor, não tem?

— Eu conheço o amor, Vin. Tudo que fiz, a queda do império, o poder de que abri mão, tudo isso foi *por* amor.

Ela sorriu.

— Kelsier. Você é um grande homem, e deveria estar orgulhoso do que fez. E você ama. Eu sei disso. Mas, ao mesmo tempo, não acho que você entenda o amor.

Ela voltou seu olhar para Elend, que estava desaparecendo, apenas sua mão — na dela — ainda visível.

— Obrigada, Kelsier — sussurrou ela, olhando de volta para ele — por tudo que você fez. Seu sacrifício foi incrível. Mas para fazer as coisas que precisou fazer, para defender o mundo, você teve que se tornar uma coisa. Algo que me preocupa.

"Uma vez, você me ensinou uma lição importante sobre a amizade. Preciso devolver essa lição. Um último presente. Você precisa saber, você precisa perguntar. O quanto do que você fez tinha a ver com amor e o quanto tinha a ver com provar alguma coisa? Que você não havia sido traído, vencido, derrotado? Você pode responder honestamente, Kelsier?"

Ele a fitou nos olhos e viu a pergunta implícita.

Quanto foi por nós? dizia a pergunta. *E quanto foi por você?*

— Eu não sei — disse a ela.

Vin apertou a mão dele e sorriu, aquele sorriso que ela nunca fora capaz de lhe conceder quando ele a encontrou.

Isso, mais do que qualquer outra coisa, o fez sentir orgulho dela.

— Obrigada — sussurrou ela novamente.

Então soltou a mão dele e seguiu Elend para o Além.

9

A TERRA tremeu e gemeu enquanto morria, depois renasceu.

Kelsier caminhou por ela, com as mãos nos bolsos. Ele passeou pelo fim do mundo, poder respingando em todas as direções, dando a ele visões de todos os três Reinos.

Fogos ardiam nos céus. Pedras se chocavam, então se separavam novamente. Oceanos ferveram, e seu vapor se tornou uma nova bruma no ar.

Kelsier ainda caminhava. Ele andava como se seus pés fossem levá-lo de um mundo para o próximo, de uma vida para a seguinte. Não se sentia abandonado, mas se sentia sozinho. Como se ele fosse o único homem restante no mundo inteiro, e a última testemunha das eras.

As cinzas foram consumidas por uma terra de pedras liquefeitas. Montanhas se ergueram ruidosamente do chão atrás de Kelsier, no ritmo dos seus passos. Rios desabaram das alturas e oceanos foram preenchidos. A vida surgiu, árvores brotando e crescendo rumo ao céu, formando uma floresta ao redor dele. Então isso passou, e ele estava em um deserto, secando rapidamente, areia fervilhando das profundezas da terra enquanto Sazed a criava.

Uma dúzia de ambientes distintos passou por ele em um piscar de olhos, a terra crescendo enquanto ele caminhava, como se fosse sua sombra. Kelsier finalmente parou em um elevado platô de terras altas com vista para um novo mundo, ventos dos três Reinos farfalhando suas roupas. A grama crescia sob seus pés, depois botões brotaram. As flores de Mare.

Ele se ajoelhou e baixou a cabeça, pousando seus dedos em uma delas.

Sazed apareceu junto dele. Lentamente, a visão de Kelsier do mundo real foi sumindo, e ele ficou novamente aprisionado no Reino Cognitivo. Tudo se tornou bruma ao redor dele.

Sazed sentou-se ao seu lado.

— Vou ser honesto com você, Kelsier. Não era esse o final que eu imaginava quando me juntei ao seu bando.

— O terrisano rebelde — comentou Kelsier. Embora ele estivesse no mundo de brumas, podia ver nuvens, vagamente, no mundo real. Elas passavam sob seus pés, rodeando a base da montanha. — Você era uma contradição viva mesmo naquela época, Saze. Eu deveria ter percebido.

— Não posso trazê-los de volta — disse Sazed em voz baixa. — Ainda não... talvez nunca. O Além é um lugar que não posso alcançar.

— Está tudo bem — disse Kelsier. — Faça-me um favor. Pode ver o que dá para fazer por Fantasma? Seu corpo está em mau estado. Ele o forçou demais. Pode consertá-lo um pouco? Talvez aproveitar para fazer dele um Nascido da Bruma. Eles vão precisar de alguns alomânticos no mundo que virá.

— Vou pensar nisso — respondeu Sazed.

Eles ficaram sentados juntos. Dois amigos na beira do mundo, no fim e no começo do tempo. Eventualmente, Sazed se levantou e fez uma mesura para Kelsier. Um movimento reverente para alguém que era ele mesmo divino.

— O que você acha, Saze? — indagou Kelsier, olhando para o mundo. — Tem algum jeito de eu sair daqui e viver novamente no Reino Físico?

Sazed hesitou.

— Não. Acho que não. — Ele deu um tapinha no ombro de Kelsier, então desapareceu.

Hum, pensou Kelsier. *Ele possui os poderes da criação em dobro, um deus entre os deuses.*

E ainda assim é um péssimo mentiroso.

EPÍLOGO

FANTASMA não se sentia à vontade em viver em uma mansão quando todos os outros tinham tão pouco. Mas eles haviam insistido — e além disso, não era lá grande coisa como mansão. Sim, era uma casa de madeira de dois andares, quando a maioria vivia em barracas. E sim, ele tinha seu próprio quarto. Mas o quarto era pequeno, e úmido durante a noite. Eles não tinham vidro para janelas, e se deixasse as persianas abertas, insetos entrariam.

Esse mundo novo e perfeito tinha uma decepcionante quantidade de normalidade.

Ele bocejou, fechando a porta. O quarto tinha um leito e uma mesa. Não havia velas ou lâmpadas; eles ainda não tinham os recursos sobrando para fazê-las. Sua cabeça estava cheia das instruções de Brisa sobre como ser um rei, e seus braços doíam devido ao treinamento com Ham. Beldre logo o esperaria para jantar.

No andar de baixo uma porta bateu, e Fantasma se sobressaltou. Ele continuava esperando que ruídos altos ferissem seus ouvidos mais do que efetivamente faziam, e mesmo depois de todas essas semanas ainda não estava acostumado a andar por aí com seus olhos descobertos. Na sua mesa, um dos seus assistentes havia deixado uma pequena lousa — eles não tinham papel — escrita com carvão, listando alguns dos seus compromissos para o dia seguinte. E no fundo havia uma anotação apressada.

Finalmente consegui que o ferreiro fizesse isso como o senhor solicitou, embora ele estivesse receoso de manusear estacas de Inquisidor. Não sei bem por que o senhor quer tanto isso, Vossa Majestade. Mas aqui está.

Na base da lousa estava uma minúscula estaca na forma de um brinco. Hesitante, Fantasma a pegou e segurou diante de si. Por que *mesmo* ele queria isso? Ele se lembrou de alguma coisa, sussurros nos seus sonhos. *Mande forjar uma estaca, um brinco. Uma velha estaca de Inquisidor vai servir. Você vai descobrir uma nas cavernas que costumavam estar sob Kredik Shaw...*

Um sonho? Ele pensou um pouco, então, talvez a contragosto, perfurou a orelha com aquela coisa.

Kelsier apareceu no quarto com ele.

— Aaah! — exclamou Fantasma, dando um pulo para trás. — Você! Você está morto. Vin matou você. O livro de Saze diz...

— Está tudo bem, garoto — replicou Kelsier. — Eu sou o verdadeiro.

— Eu... — gaguejou Fantasma. — Isso... Aaah!

Kelsier se aproximou e pôs o braço ao redor dos ombros de Fantasma.

— Veja só, eu sabia que isso iria funcionar. Você agora tem as duas coisas. Mente quebrada, estaca hemalúrgica. Você pode ver o suficiente no Reino Cognitivo. Isso significa que podemos trabalhar juntos, você e eu.

— Ah, inferno — disse Fantasma.

— Ora, não fique assim — replicou Kelsier. — Nosso trabalho é importante. *Essencial.* Nós vamos desvendar os mistérios do universo. A cosmere, como ele é chamado.

— O que... o que você quer dizer?

Kelsier sorriu.

— Acho que vou vomitar — disse Fantasma.

— É um lugar grande, muito grande lá fora, garoto — disse Kelsier. — Muito maior do que eu sabia. A ignorância quase nos fez perder tudo. Não vou deixar que isso aconteça novamente. — Ele deu um tapinha na orelha de Fantasma. — Enquanto estava morto, tive uma oportunidade. Minha mente se expandiu, e aprendi algumas coisas. Meu foco não estava nessas estacas; acho que poderia ter descoberto tudo, se estivesse. Aprendi o bastante para ser perigoso, e nós dois vamos descobrir o resto.

Fantasma recuou. Ele era dono de si mesmo agora! Não precisava simplesmente fazer o que quer que Kelsier dissesse. Inferno, ele nem sabia se esse *era* Kelsier de verdade. Ele já havia sido enganado antes.

— Por quê? — quis saber Fantasma. — Por que eu deveria me importar?

Kelsier deu de ombros.

— O Senhor Soberano era imortal, você sabe. Por meio de uma combinação de poderes, ele conseguiu se tornar incapaz de envelhecer, incapaz de morrer, sob a maioria das circunstâncias. Você é Nascido da Bruma, Fantasma. Está no meio do caminho. Não está curioso para descobrir o que mais é possível? Quero dizer, temos uma pequena pilha de estacas de Inquisidores, e nada para fazer com elas...

Imortal.

— E você? — indagou Fantasma. — O que você ganha com isso?

— Nada de mais — disse Kelsier. — Só uma coisinha. Alguém me explicou certa vez o meu problema. Meu fio foi cortado, a coisa que me mantinha ligado ao mundo físico. — O sorriso dele se alargou. — Bem, só vamos ter que encontrar um novo fio para mim.

PÓS-ESCRITO

A JORNADA de Kelsier foi algo que comecei a planejar logo depois de terminar o primeiro livro de *Mistborn*, em 2003 ou 2004. É uma daquelas coisas que, como escritor, é muito difícil de não contar para os fãs quando eles fazem perguntas. (Admito que fraquejei mais de uma vez e já sussurrei para um fã arrasado que ficasse de olhos abertos para o que Kelsier poderia estar fazendo no restante da série.)

É sempre perigoso para um escritor ressuscitar um personagem. Isso ameaça minar as consequências em uma história, e minimizar os riscos corridos pelos personagens. Ao mesmo tempo, eu sabia que a história de Kelsier — em especial — ainda não havia terminado. Os leitores sentiram isso. Havia mais a ser contado.

Foi um prazer ser capaz de trazer este livro para vocês. Por muitos anos, eu não sabia ao certo se realmente escreveria esta história. O que Kelsier estava fazendo era canônico nos livros de *Mistborn* (e o terceiro livro está saturado com as pistas do que ele estava aprontando). Contudo, eu não estava convencido de que poderia escrever a história de uma maneira que parecesse coesa, em vez de uma série de notas de pé de página.

No final, decidi que o problema maior seria não escrever a história — precisamente devido ao buraco que Kelsier havia deixado nos livros de *Mistborn*. Havia perguntas demais que não poderiam ser respondidas sem esta história.

De qualquer modo, obrigado como sempre por me acompanharem nessa jornada. E, para aqueles que ainda não os leram, gostaria de recomendar os livros de *Mistborn: Wax e Wayne* (a segunda era de *Mistborn*, começando com *A Liga da Lei*). Se você gostou desta história, acho que também gostará do que vai encontrar. Os livros de Wax e Wayne pegam o que estava na trilogia original e desenvolvem esse material, expandindo o *lore* de Scadrial em algumas direções muito interessantes.

Além disso, se você prestar bastante atenção durante os livros de Wax e Wayne, poderá descobrir o que Kelsier estava fazendo durante aquele período.

Porque ele ainda não acabou. Nem de longe.

AGRADECIMENTOS

Então, eu deixei este livro cair sobre minha equipe como um ataque de bombardeiro. Eles já estavam ocupados com a arte e a revisão dos livros que estávamos fazendo naquela primavera, e então apareci com outro conto surpresa e perguntei se seria possível aprontá-lo a tempo de ser lançado junto com *Os Braceletes da Perdição*.

Muito embora a essa altura já estivessem acostumados comigo fazendo coisas assim, o desempenho deles em *Mistborn: História secreta* foi incrível. Mais do que para quase qualquer outra história, eles merecem elogios pelo excelente trabalho neste volume.

Peter Ahlstrom, incrédulo, desempenhou tanto suas funções normais como também foi o editor de texto, revisor e copidesque do livro. Ele só revirou os olhos para mim uma vez enquanto eu falava sobre essa última história maluca que queria publicar, e me deu conselhos realmente excelentes para melhorá-la. Se vocês o virem por aí, me faça o favor de dizer obrigado. Enquanto escrevo isso, ele está passando o sábado inteiro se esforçando para deixar este livro pronto para publicação na semana seguinte.

Karen Ahlstrom fez uma excelente edição de continuidade para nós, além de montar uma linha do tempo. Ela pegou um monte de erros grandes que eu havia cometido, que teriam deixado muitos de vocês coçando as cabeças.

Isaac Stewart foi o diretor de arte para este livro — ele fez o projeto da capa, e como sempre, é o criador dos fantásticos símbolos alomânticos que você vê espalhados pelo livro. Miranda Meeks fez a arte da nossa capa maravilhosa; estou feliz de finalmente ver Kelsier na capa de uma história de *Mistborn*.

O grupo de escrita para esse livro foi composto por Emily Sanderson, Karen e Peter Ahlstrom, Darci e Eric James Stone, Alan Layton, Ben Olsen ("Tá falando sério, Brandon?"), Kathleen Dorsey Sanderson, Kaylynn ZoBell, Isaac e Ethan Skarstedt e Isaac Stewart.

Nossos leitores alfa, beta e gama foram Nikki Ramsay, Mark Lindberg, Lyndsey Luther, Alice Arneson, Kristina Kugler, Megan Kanne, Karen Ahlstrom, Josh Walker, Mi'chelle Walker, Ian McNatt, David Behrens, Matt Wiens, Eric Lake, Bob Kluttz, Kelly Neumann, Jakob Remick, e Gary Singer.

Sem essas pessoas pegando todos os meus erros bobos, este livro teria sido um vexame em termos de continuidade. Muito obrigado a todos vocês.

Por fim, agradeço a Joel, Dallin, Oliver e Emily. Por me aguentarem durante todos esses anos.

Brandon Sanderson

DIREÇÃO EDITORIAL
Daniele Cajueiro

EDITORA RESPONSÁVEL
Mariana Rolier

PRODUÇÃO EDITORIAL
Adriana Torres
Laiane Flores
Mariana Lucena

REVISÃO DE TRADUÇÃO
Gabriel Demasi

REVISÃO
André Marinho
Kamila Wozniak
Manoela Alves

CONSULTORIA
Raphael Castilho

ADAPTAÇÃO DE CAPA E DIAGRAMAÇÃO
Leticia Fernandez

Este livro foi impresso em 2025, pela Coan, para a Trama.
O papel do miolo é o Avena 80g/m².